Allitera Verlag

Dirk Walbrecker, in Wuppertal geboren, seit 1965 in München und jetzt in Landsberg am Lech lebend, ist Vater dreier Töchter und inzwischen auch zahlreicher literarischer Kinder.
Nach diversen Studien (u. a. Germanistik und Pädagogik) arbeitete er lange Zeit beim Film und einige Jahre an der Schule. Seit 1986 ist er freiberuflicher Autor: Drehbücher, Hörspiele, Hörbücher sowie Bilderbücher, Kinder- und Jugendromane. Seine Werke erhielten zahlreiche Auszeichnungen und wurden in 15 Sprachen übersetzt.
In den letzten Jahren ist er häufig auf Lesereisen, um jungen Menschen live und lebendig Freude an Literatur und allem Musischen zu vermitteln. Zudem veranstaltet Dirk Walbrecker Schreibwerkstätten verschiedenster Art und Thematik für Kinder, Jugendliche und Erwachsene.

Nähere Informationen, Unterrichtsmaterialien etc. unter:
www.dirkwalbrecker.de

Dirk Walbrecker

EINE RÄTSELHAFTE VERWANDLUNG

Jugendroman

Mehr über den Verlag und sein Programm unter
www.allitera.de

»Eine rätselhafte Verwandlung« wurde vielfach ausgezeichnet und erhielt u. a. den *Marsh-Award* (die vier besten Jugendbücher Europas eines Jahres) und wurde bisher übersetzt ins Englische, Türkische, Dänische und Estnische.

Kostenloses Unterrichtsmaterial zum Buch unter:
www.dirkwalbrecker.de

September 2013
Allitera Verlag
Ein Verlag der Buch&media GmbH, München

Redaktion: Rebecca Walbrecker, München
Umschlaggestaltung: Alexander Strathern, München
unter Verwendung eines Bilds von © ftrouillas - Fotolia.com
Printed in Europe · ISBN 978-3-86906-548-9

Greg wollte diesen Tag nicht beginnen lassen.

Kein Amselgezwitscher, keine Morgendämmerung durch die Jalousie, kein Schultaschengeruch, kein Familienfrühstück. Nichts hören. Nichts sehen. Nichts riechen. Und nichts reden. Vor allem aber nicht Ben begegnen. Nicht noch einmal seine idiotischen Sprüche ertragen.

»Gib endlich zu, kleiner Bruder, dass du den Brief in meinem Zimmer geklaut hast! Trau dich endlich zu sagen, dass du auch spitz auf Sara bist! Doch da läuft nichts, Kleiner! Weil du nämlich viel zu viele Komplexe hast. Hast du kapiert, Brüderchen?«

Geklaut? Spitz? Komplexe?

Greg hätte am liebsten sein Gehirn abgeschaltet. Er wollte all diese Gemeinheiten loswerden – nicht aber diesen Brief.

Er spürte ihn unter seinem Kopfkissen. Er hatte ihn mindestens zehnmal gelesen. Er brauchte ihn eigentlich nicht mehr anzuschauen, er sah jedes Wort vor seinen Augen.

Hi du,
ich hab 'ne wichtige Frage an dich.

♥

Gefall ich dir eigentlich?

♥

Falls ja, hast du hier die Antwort auf die Frage, die du mir bisher nie gestellt hast.

♥

Antwort bitte bei dem Wesen, das es schon seit etwa 250 Millionen Jahren gibt. Hat zur Zeit grüne Blätter und im Herbst goldgelbe. Steht genau gleich weit entfernt von dir und mir. Wartet auf uns nächsten Samstag. Bei später Dämmerung.
Nur dann. Nur du. Und nur ich.

♥

Rätselhaft.

Greg spürte sein Gehirn arbeiten. Zugleich aber war irgendwas abgestorben. Sein Körper war anders als sonst. Er konnte sich nicht normal bewegen. Es war überhaupt nicht sein richtiger Körper!

Und die Augen: Er wollte sie öffnen – einfach nur so zum Herumgucken. Aber sie ließen sich nicht öffnen und er sah trotzdem!

Draußen wurde es hektisch. Unten in der Küche gab es morgendlichen Elternstreit. Nebenan warf Ben irgendwelche Klamotten gegen die Wand.

»Greggy, das Bad ist längst frei!«

Wieso schenkt Sara diesen Brief eigentlich Ben? Weshalb nicht mir? Im Bus guckt sie doch viel öfter zu mir … oder ist das alles nur Einbildung?

»Greggy, wo bleibst du? Das Frühstück kommt nicht zu dir aufs Zimmer!«

Ja. Essen. Viel essen. Greg hatte ein Hungergefühl wie nie. Sein Magen war nicht wie sonst etwas rundes Leeres. Er war seltsamerweise wie ein langes, schlauchähnliches Leeres, das nach … nach … Grünem verlangte. Nach grünem Salat. Nach grünem Gemüse. Nach irgendwas Grünem.

Es klopfte hart an Gregs Tür.

»Der Schulbus dreht keine Extrarunde für dich!«

Greg hörte Bens Stimme überdeutlich. Er wollte antworten, doch die Wörter blieben irgendwo unterwegs stecken. Er wusste genau, dass er sehr spät dran war. Aber Bus und Schule und all der Ärger waren ihm jetzt egal. Momentan interessierte ihn nur dieser ewig lange, leere Magen. Er hatte das Bedürfnis, ihn von außen zu erkunden, ihn abzutasten. Doch auch das funktionierte nicht. Dort, wo sich sonst immer seine Arme befanden, war … nichts! Nichts zum Greifen und nichts, um die Augen, diese Nichtaugen, zu reiben, die jetzt das Zimmer rundum unscharf und fast nur als Farbflecken wahrnahmen. Augen? Es war ihm, als habe er nicht nur zwei, sondern viel mehr, die ihm fast einen Rundumblick erlaubten.

Ich träume noch, okay, ich träume noch … Trotzdem will ich wissen, was mit mir los ist. Meinetwegen ohne Arme und ohne Hände und ohne richtige Augen. Ich will jetzt aufstehen und mich im Spiegel angucken!

Aber der lockere Satz aus dem Bett wollte Greg nicht gelingen. Das gewohnte Beingefühl war nicht da. Keine beweglichen Zehen, keine Füße, alles da unten nur ein undefinierbares Ganzes …

»Was ist mit Greg? Hat er später Schule heute?«

»Ich warte keine Sekunde auf den Kleinen!«

Greg fühlte sich gar nicht so klein. Ihn interessierten im Augenblick auch nicht die Probleme von Pa und von Ben. Er hatte mit sich und seiner höchst seltsamen Gestalt genug zu tun. Zu seiner Verblüffung war sie trotz fehlender Extremitäten sehr beweglich. Fast ohne Befehl vom Gehirn liefen sanfte, wellenartige Regungen durch den Körper. Immer ganz unten beginnend, durch den langen, leeren Magen bis hoch zum Kopf … sehr harmonisch und mit einem ungewohnten Wohlgefühl verbunden.

Und dann machte Greg noch eine verblüffende Entdeckung: Etwa da, wo er seine Arme vermisste, regte sich trotzdem etwas. Nicht zweifach, sondern gleich sechsfach! Es ließ sich etwas Kurzes, Eingliedriges bewegen. Nicht einzeln, sondern immer nur paarweise. Bei weitem nicht so behände wie Hände, aber offenbar auch nicht unbrauchbar. Und je konzentrierter sich Greg auf dieses neue Körpergefühl einließ, desto mehr Entdeckungen machte er: Auch im unteren Bereich seines langen Leibes gab es mehrere bewegliche Dinger – eher kurze und dafür dickere Ausstülpungen, paarweise gewachsen, zwei davon sogar ganz am Körperende.

Mit dem Durchzählen jedoch kam Greg nicht klar: Mal kam er auf zwölf von diesen Auswüchsen, ein anderes Mal sogar auf sechzehn.

Greg gab das Rechnen auf, denn in diesem Moment tat sich wieder etwas im Haus. Kurz hintereinander fiel zweimal die Eingangstür ins Schloss. Dann eilige Schritte auf der Treppe und gleich darauf das Geräusch der Türklinke …

»Greg, aufwachen, was ist los? Seit wann schließt du bei dir ab? Mach sofort auf!«

Nun wurde es kompliziert. Einerseits befand sich Greg gerade voll und ganz in diesem wundersamen neuen Körperzustand. Andererseits war ihm die Situation seiner Mutter gegenüber ausgesprochen peinlich. Die Tür hatte er tatsächlich am Vorabend zum ersten Mal in seinem Leben abgeschlossen. Außerdem hatte er keinerlei Grund, länger im Bett zu bleiben. Die Schule musste jetzt irgendwann anfangen. Die Schule … eine amüsante Vorstellung in diesem Zustand!

»Greg, ein letztes Mal: Komm raus! Ich mach mir ernsthaft Sorgen. Hörst du mich?!«

»Jaaaa …«

Das war kein richtiges Ja. Das war ein mehr geröchelter, fast nur gehauchter langer Laut, der Greg sozusagen im Hals stecken blieb.

Im Hals? Auch da stimmte was nicht: Greg konnte nämlich den Kopf nicht nur problemlos weit nach links und rechts drehen. Er vermochte ihn sogar dank eines wunderbaren Mechanismus, den er erst mal nicht richtig unter Kontrolle bekam, fast in seinen Leib einzufahren.

All das war Greg plötzlich zu viel. Vor allem die Unfähigkeit, seine Stimme zu benutzen, versetzte ihn in Panik.

»Greggy! Ich kann dich nicht verstehen, sprich bitte deutlicher!«

»Jaaa … Jaa …«

Greg gab es auf. So war der Situation nicht beizukommen. Er hörte, wie seine Mutter die Treppe hinunter eilte, um wer weiß was zu unternehmen. Er machte sich jetzt Sorgen um sie. Er kannte ihre schwachen Nerven nur zu gut. Sie war solche Überraschungen von ihm nicht gewohnt.

Was tun? Wie mit dieser Situation klarkommen? Wo war ein Ausweg? Wenn Ma mich in diesem Zustand sieht, bekommt sie einen Schock. Wenn alles nur Einbildung ist und ich einfach so als Greg vor ihr stehe – auch gnadenlos peinlich …

Immerhin funktionierten solche Gedankengänge noch, das war beruhigend. Und etwas anderes funktionierte besser denn je: das Gehör. Es war so, als sei eine hochsensible Wanze implantiert. Ein Hoch- und Niedrigfrequenzempfänger mit extremer Reichweite. Greg kannte so etwas aus seinen vielen Tierstudien.

Tier?? Was? Wie? Greg zwang sich, diesen verrückten Gedanken erst mal nicht weiter zu verfolgen …

Um die Situation besser in den Griff zu bekommen, beschloss er, sich ganz auf seine Bewegungsmöglichkeiten zu konzentrieren. Und zu seiner Verblüffung gelang ihm etwas, was fast schon wieder Spaß machte: Er konnte sich ohne jede Mühe im Liegen beugen und beugen ... bis er mit dem einen Körperende das andere erreicht hatte. Ja, es ging sogar weiter: Greg vermochte sich regelrecht einzurollen. Dabei kitzelte es ihn auf nicht unangenehme Weise in den Seiten. Offenbar war da was Spitzes, Borstenartiges oder Haariges im Spiel.

Ich werde jetzt dieses Bett verlassen, beschloss Greg. Und prompt regten sich die fuß- oder beinartigen Dinger fast wie automatisch ... erst ganz hinten und dann schön paarweise nach vorn. Es bedurfte nur noch einer kleinen Drehung mit dem ganzen Körper auf den Bauch und Greg konnte sich tatsächlich aus dem Bett bewegen ... Schritt für Schritt und richtig gewandt, jedenfalls ohne Anstrengung.

Und während Greg so über den Boden kroch, kam es ihm plötzlich wie eine Ungeheuerlichkeit:

Ich bin eine Raupe! Ich bin eindeutig eine Raupe!! Eine Riesenraupe!!!

Wie abwegig und unfassbar diese Feststellung auch war – Greg hatte vorläufig keine Zeit, sich damit anzufreunden. Denn mit seinem exzellenten Gehör vernahm er jetzt, wie die Mutter von einer Stelle nahte, an der sie noch nie erschienen war:

Erst ein Stöhnen. Dann ein Klappern an der Außenwand. Dann vorsichtige Schritte auf der Leiter. Und dann tauchte hinter der Jalousie ein dunkler Schatten auf ...

Greg hörte das Atmen. Er empfing auf erstaunliche Weise auch noch etwas anderes: die Aufregung und die Angst seiner Mutter.

Das Fenster war gekippt. Ein einziger Griff genügte ...

»Greg?«

Noch einmal versuchte Greg einen menschenähnlichen Laut von sich zu geben.

»Jjjj...«

»Greggy?«

Regungslos hockte Greg in seiner ganzen Länge am Boden. Hilflos starrte er zum Fenster. Ein schattiges Etwas drückte die Lamellen der Jalousie auseinander. Ein breiter Strahl gleißenden Morgenlichts fiel genau auf Greg und blendete ihn.

»Neiiiin!«

Der Schrei seiner Mutter war so fremd und so entsetzlich, dass Greg zu zittern begann. Unwillkürlich machte er eine Wendung weg vom Fenster. Wieder war es zuerst das hinterste Beinpaar, das die Bewegung begann. Dann das nächste, das nächste … bis ganz nach vorn – verblüffend schnell und gewandt verkroch sich Greg unter seinem Bett.

Erst einmal nur Schutz und Ruhe. Nichts mehr von draußen wahrnehmen. Ganz bei sich bleiben und verstehen, was hier vorging.

Greg lag nicht zum ersten Mal unter diesem Bett. Seit dem Einzug vor zwei Monaten war er mehrfach hier abgetaucht, um Comic-Zeichnungen zu verstecken. Entwürfe und ein paar fertige Blätter – mit einem Krebs und einem Skorpion, die sich gerade kennen lernten. Beide ziemlich schüchtern und verliebt obendrein. Nichts für heimliche Schnüffler und aufräumwütige Mütter … Da waren auch noch eine Tüte Gummibärchen und zwei Tafeln Schokolade deponiert. Greg roch das alles überdeutlich und umgehend stellte sich wieder dieses Hungergefühl ein. Stärker und stärker und kaum zu ertragen.

Ich halte das jetzt aus, nahm Greg sich vor. Ich lasse es sich in meinem ganzen Körper ausbreiten und dann mache ich einen Test. Ich analysiere sozusagen meinen Ist-Zustand:

Gregor Hansen, Sohn des Architekten Thomas Hansen und der Heilpraktikerin in spe, Helen Hansen, liegt am heutigen Dienstagmorgen unter seinem Bett, statt in der Schule zu sitzen. Für sein Fluchtverhalten gibt es wichtige Gründe. Erstens: eklatanter Vorfall mit Bruder Ben. Zweitens: eine gewisse Sara Auster, die wie Familie Hansen in einem frei stehenden Landhaus wohnt und fast jeden Morgen den gleichen Schulbus benutzt. Diese Sara Auster …

Greg konnte sich kaum mehr konzentrieren. Ihm wurde schwindelig. Der Schokoladengeruch neben ihm verursachte ein Ekelgefühl. Mit letzter Kraft bemühte sich Greg, den Test zu Ende zu bringen.

Das bisher eindeutig menschliche – ich wiederhole: menschliche Wesen Greg Hansen hat heute noch nicht gefrühstückt und fühlt sich deshalb wie eine halb verhungerte, fressgierige Riesenraupe. Aus diesem Ist-Zustand findet jetzt umgehend eine Verwandlung in folgenden Soll-Zustand statt: Greg Hansen kriecht auf allen Vieren – definitiv nur auf allen Vieren – unter dem Bett hervor. Er stellt sich auf seine zwei – nur zwei! – Beine, schließt die Tür auf, verlässt sein Zimmer, geht ins Bad, putzt die Zähne und bittet dann seine Mutter um eine doppelte Frühstücksportion.

Erneut wurde Gregs Kopf von einem Schwindel durchflutet. Benommen kroch er unter dem Bett hervor. Ganz hinten begann die Bewegung und wellenartig lief sie durch seinen Körper nach vorn.

Richte dich jetzt auf, geh zur Tür und schließ auf!, versuchte Greg noch einmal seinem Zustand eine Wende zu geben.

Vergeblich.

Von fern und nah zugleich hörte er seine Mutter mit dem Handy agieren: »Du musst sofort umkehren! Ist mir egal, ob Bagger, Bauherr oder sonst was. Wenn du nicht auf der Stelle kehrtmachst, alarmiere ich sonst wen! Es ist der pure Grusel …«

Greg wollte das alles nicht hören und hätte sich gerne die Ohren zugehalten. Er wollte nur allein sein und alles um sich herum vergessen. Er kroch in die Ecke, wo sein Bett stand, reckte den vorderen Teil seines Körpers mühelos nach oben, glitt mit einer weichen Bewegung auf die Matratze und rollte sich zusammen – ganz so wie es eben eine echte Raupe tut.

Wie lange er so lag, wusste Greg nicht. Sein sonst so verlässliches Zeitgefühl ließ ihn im Stich. Es war die Stimme des Vaters, die ihn ins Hier und Jetzt zurückholte:

»Du hast Wahnvorstellungen, meine Liebe.«

»Du wirst es sehen, Thomas …«

»Wenn ich die Tür einschlage, kostet uns das mindestens einen Tausender …«

Der Stick! Den Raupenkörper durchzuckte ein Schreck und das Gehirn reagierte wie bei dem Greg des Vortages: Wenn sie den Stick entdecken und Ben davon erfährt, ist alles aus.

Und dann geschah etwas, was Greg nicht unter Kontrolle hatte: Zwei kleine, eigenwillige, ungemein regsame, instinktgesteuerte Fühler vorn am Kopf suchten nach dem Stick unter dem Kissen. Ein seltsames Beißbedürfnis überkam Greg. Er fasste zu und begann das Speicherteilchen zu zerkleinern. Es tat weh, es schmeckte widerwärtig und Greg musste röcheln.

Im gleichen Moment gab es einen fürchterlichen Krach: Herr Hansen hatte die Tür eingeschlagen und stand zusammen mit seiner Frau im zersplitterten Türrahmen.

Es war still, unheimlich still.

Greg lag regungslos und seine Eltern rührten sich ebenso wenig.

Ma ist fassungslos, Ma ist so konsterniert, dass sie gleich ohnmächtig umfällt, empfand Greg und er verstand nicht, wie er das aufnehmen konnte, ohne sie zu sehen.

»Halt mich!«, flüsterte sie tatsächlich und es war wieder still.

Was denkt Pa? Was denkt er?, versuchte Greg zu empfangen. Aber die Gedanken seines Vaters blieben ihm verborgen wie sonst auch.

Draußen im Garten zwitscherten Meisen und in Gregs Magen rumorte es.

»Wo, wo ist Greg?«, flüsterte Herr Hansen und seine Stimme war belegt.

Greg wandte ganz langsam seinen Kopf in Richtung Tür.

»Vorsicht!«, hörte er seinen Vater wispern und gleich darauf sich selber korrigieren:

»Du brauchst keine Angst zu haben. Er sieht harmlos aus.«

Bringt mir was zu essen!, wollte Greg sagen und versuchte es durch das Aufrichten seines Vorderkörpers auszudrücken.

»Guck mal, die Augen!«, flüsterte Frau Hansen.

»Die sind nicht echt!«, sagte Herr Hansen schroff.

»Was sollen wir tun?«

»Frag mich was Leichteres ...«

Greg war verlegen. Wie sonst auch, wenn alle schwiegen und niemand etwas tat, war es ihm peinlich und er fühlte sich schuldig an der Situation.

Das wird schon wieder, hätte er gerne gesagt.

Aber zum einen war ihm diese Verständigungsmöglichkeit abhanden gekommen. Und zum anderen deutete vorerst nichts auf eine Veränderung hin. Stattdessen wurde es Greg jetzt speiübel. Die Stickreste schienen unverdaulich. Sie steckten ganz vorn – dort, wo er noch eine Art Halsgefühl hatte. Ich muss gleich kotzen!, dachte er. Und der Drang, sich irgendwo, irgendwie den Blicken der Eltern zu entziehen, war riesengroß. Die beiden hingegen schienen wie angewurzelt und beäugten das Raupenwesen wie einen Außerirdischen.

Die Gedanken seiner Mutter schwirrten durch den Raum, kamen zu Greg. Sie drangen in Gregs Kopf ein, als wäre darin ein Lesegerät implantiert: Sie wünschte sich, dass alles sofort und ohne Aufhebens wieder vorbei sein sollte … Es war mehr als ein Wünschen. Es war eher ein Flehen. Die Gedanken seines Vaters waren kaum zu entschlüsseln. Irgendwas zwischen Wut und Ratlosigkeit schien sich in seinem Inneren abzuspielen. Jedenfalls hatte es ihm nach wie vor die Sprache verschlagen.

Um mit seiner immer ärger werdenden Übelkeit klarzukommen, beschloss Greg, sich unter seinen Schreibtisch zurückzuziehen.

»Guck!«, hörte er die fremd und irgendwie sehr berührt klingende Stimme seiner Mutter.

Geht raus, lasst mich allein!, hätte Greg liebend gern signalisiert. Aber bis auf ein paar Röchler blieb er stumm. Noch einmal versuchte er es mit dem Einrollen. Den Eltern schien dies ein Zeichen zu sein, dass sie sich zurückziehen konnten. Greg glaubte zu hören, wie sie die Tür notdürftig verbarrikadierten.

Erschöpft und von Magenschmerzen und Hunger geplagt, sank Greg in eine Art Bewusstlosigkeit.

Als Greg wieder aufwachte, war er verwirrt. Er hatte soeben eine Schulbusfahrt hinter sich gebracht und alles war wie früher abgelaufen:

Ben war vor ihm an der Haltestelle gewesen. Selbstverständlich stand er bei Sara. Und natürlich spielte er den Macker. Er quatschte laut und gestikulierte wie ein Schauspieler. Er lächelte charmant und zog blöde Grimassen. Und beim Einsteigen hielt er Saras Arm, als hätte er gerade einen Spezialkurs für Gentlemen und Charmeure absolviert.

Ben und Sara vorn im Bus. Und wer stand mal wieder fast ganz hinten, noch dazu mit Herzklopfen? Greg natürlich.

Dann das bekannt vertrickste Spiel: So tun, als sähe man was sehr Wichtiges draußen hinter der Scheibe – dabei suchte man viel Wichtigeres *in* der Scheibe.

Augen, nur ein Augenblick …

Ben hielt ausnahmsweise mal die Klappe und Sara guckte auch nach draußen. Oder? Ihre Augen unbewegt und starr in der Scheibe. Einfallswinkel gleich Ausfallswinkel. Eindeutig kein Blick in die Ferne. Nein, genau in meine … eindringlich, eindringend und nicht lange auszuhalten.

Fahrt, Fahrt … und dann plötzlich Ben, unüberhörbar und bedrohlich nah:

»Ihr wollt mich verarschen, oder?«

Die Stimme von Pa:

»Wart ab …«

Die Stimme von Ma:

»Und sag erst mal besser nichts, wenn du ihn siehst!«

Greg war hellwach. Eingerollt und mit einem Kotzgefühl.

»Ich glaub, ich bin im Kino!«, drang Bens seltsam belegte Stimme an Gregs Gehör.

Dann würgte Greg. Sein ganzer vielgliedriger Körper begann zu zittern. Er musste sich in die Länge strecken. Aus der mundähnlichen Öffnung kam ein Röcheln. Und dann spie er mit ein paar heftigen Zuckungen die Splitter des USB-Sticks aus.

»Ihm geht's schlecht. Er braucht Hilfe …«

Greg hörte erst die besorgte Stimme der Mutter, anschließend die von Ben und seinem Vater.

»Unfasslich!«

»Unfasslich!!«

Die drei waren näher getreten.

»Das ist doch …«, begann die Mutter und Greg spürte ihre Verwirrung.

»Das sind unzweideutig Reste eines USB-Sticks«, stellte Herr Hansen fest.

Von Ben kam nichts. Greg aber nahm seine Nähe überdeutlich wahr. Wie sonst auch war ihm nach Flucht oder nach Verstecken zumute. Bei aller durcheinandergeratenen Wirklichkeit kam das ganze schlechte Gewissen wieder hoch. Dazu auch Angst. Angst vor Bens Wut und vor seiner Rache …

Körperlich fühlte Greg sich jetzt erleichtert. Zugleich aber war nun das Hungergefühl wieder da – fordernder denn je. Am liebsten hätte er wahllos in irgendetwas hineingebissen – vorzugsweise in etwas Grünes.

»Er hat Hunger, ihm geht es eindeutig schlecht«, bemerkte Frau Hansen. »Wir müssen was für ihn tun!«

»Und was?«

»Und was??«

Es gab eine kurze Diskussion. Ben musste trotz heftiger Proteste etwas zum Aufwischen holen. Und Herr Hansen sollte Fressbares herbeischaffen – ob er wollte oder nicht.

Greg versuchte abzuschalten, das Gerede auszublenden. Ihm kam es so vor, als wären es die gleichen Sätze wie gestern noch und all die Tage, Monate und Jahre zuvor. Auch anderes, was nun folgte, war ihm nicht fremd: Nachdem Ben mit Gefluche und Gestöhne den Boden vor dem Schreibtisch gereinigt hatte, kam Frau Hansen mit zwei kleinen Fläschchen.

»Komm, mein Kleiner. Du brauchst Beruhigungstropfen. Rescue Remedy tut dir sicher gut.«

Greg ließ es geschehen wie sonst auch – mütterliche Zuneigung in Form von diesen komischen Bachblüten, die sie ihm in die Mundöffnung träufelte. Eine Stimme, als rede sie mit einem Zehnjährigen. Ein Verhalten, das Greg nicht gerade angenehm war, vor dem er sich am liebsten verkrochen hätte.

Und dann, endlich, gab es etwas Essbares. Greg roch es durchs Treppenhaus: Salatköpfe, Rohkost pur! Herr Hansen reichte sie mit Scheu und mit Kopfschütteln – er war merklich überfordert.

»Hier …«

»Sag Greg zu ihm, bitte!«

Herr Hansen wurde laut:

»Das ist nicht Gregor. Das ist ein Tier. Das ist alles ein Albtraum!«

Greg interessierte diese Diskussion nicht, er verschlang Salat. Blatt für Blatt und mit einem Geschick, das ihn selber wunderte. Er hörte seine Kauwerkzeuge leise knirschen, ein fremdes Geräusch zwar, doch ungemein befriedigend. Und während er so vor sich hin kaute und knarzte, erfuhr er dank Ben Interessantes über sein Äußeres:

»Wofür hat das Vieh dieses komische rote Hörnchen da hinten? Passt überhaupt nicht zu der grau-schwarzen Haut. Und diese Fresse da vorn. Richtig monstermäßig! Echt peinlich!«

Guck dich doch selber an!, hätte Greg liebend gern gesagt. Es war genauso wie vor dieser rätselhaften Verwandlung: Greg fühlte sich Ben nicht gewachsen. Er wusste nicht, wie er sich wehren sollte. Und die Hilfe von außen hörte sich auch nicht anders an als früher.

»Ben, übertreib nicht so«, kam es gewohnt milde von Pa.

Umso einfühlsamer mischte sich Ma ein:

»Wie kannst du nur so reden, Ben? Völlig egal, wen du da vor dir hast. Jedes Wesen nimmt die Schwingungen um sich herum auf.«

»Okay, okay! Ich hab ja nichts gegen Tiere. Ich fühl mich nur ein minibisschen überfordert und muss jetzt erst mal mit meinen Leuten telefonieren.«

»Stopp!«

Greg wunderte sich, denn so entschieden trat Pa gegenüber Ben selten auf.

»Es wird kein Wort nach außen verloren, kein Sterbenswort! Wir werden ja für verrückt erklärt!«

Dann wurde es schlagartig still. Greg hatte beide Salatköpfe bis auf den letzten Strunk verschlungen. Und Frau Hansen schien einen stummen Schweigebefehl gegeben zu haben.

»Okay, okay …«, kam es von Ben.

»Okay«, sagte Herr Hansen.

Und ohne weiteren Kommentar verließen die drei das Zimmer. Wieder wurde die Tür notdürftig verschlossen. Greg war allein und von der Treppe hörte er die Fortsetzung einer quasi neuen Hausordnung:

»Kein Wort! Weder in der Schule noch sonst wo. Nicht bei Nachbarn, nicht bei Freunden, nicht bei Verwandten. Auch Großvater erfährt keine Silbe. Wir müssen erst mal …«

Dann klackte die Wohnzimmertür unten. Herr Hansen redete weiter und Greg vernahm auch, dass seine Mutter und Ben zwischendurch zu Wort kamen. Aber es klang alles wie aus einem kaputten Lautsprecher. Und abgesehen davon – Greg interessierte sich jetzt viel mehr für sich selber.

Gesättigt fühlte er sich keineswegs. Trotzdem kam wieder Unternehmungslust auf. Dieser komische Körper mit seinen vielen Bewegungsmöglichkeiten, der reizte ihn außerordentlich: Nur so zur Probe begann er sich zu wenden und zu winden, den Kopf zu heben und zu senken. Und dann verblüffte ihn wieder diese merkwürdige Technik. Kopf einziehen hieß sozusagen: Kopf verschwinden lassen. Dabei empfand Greg sich geborgen und geschützt wie nie zuvor. Und auch das von Ben beschriebene Hörnchen kam jetzt irgendwie in sein Bewusstsein – ein Fremdteil zwar und nicht einmal abtastbar oder anfassbar wie früher alles an seinem Körper. Dennoch deutlich wahrnehmbar und offenbar nicht ohne Zweck. Und überhaupt war alles da hinten oder da unten anders …

Greg war's im Moment nicht so wichtig. Er wollte vor allem sein wundersames Bewegungsgefühl besser kennen lernen: Diese vielgliedrige Beinapparatur faszinierte ihn. Und mit einem Mal zog es ihn nach oben. Wie eine echte Raupe – war er keine echte? – wollte er etwas scheinbar Unmögliches probieren: die Wände hoch! Und mehr noch: an der Decke entlang! Das Leben von dort oben aus ganz anderer Perspektive auf sich wirken lassen …

Die raupige Unternehmung sollte alsbald für Aufregung sorgen. Erst einmal jedoch konnte Greg sein Zimmer aus luftiger Höhe genießen – völlig schwindelfrei und fast ohne Angst, hinunterzufallen. Die Hinterfüße nämlich hatten eine Art Klebe- oder Saugmechanismus. Nur wenn Greg sich zu hastig fortbewegen wollte, drohte Absturzgefahr. Immer mindestens zwei Beinpaare mussten festen Halt haben. Der lange Rest des Körpers konnte mehr oder weniger machen, was er wollte: sich strecken oder zusammenziehen … sich aufbäumen oder gar umbiegen … nur in der Nähe der Deckenlampe schien es gefährlich zu sein. Greg spürte feinnervig und ganz deutlich Elektrowellen auf sich zukommen. Eine Energie, die eine Art betäubende Wirkung zu haben schien. Schade, dass ich nicht klarer sehen kann, bedauerte Greg. Dabei verwirrte ihn nach wie vor, dass er zwar kaum mehr als nur Farben und Konturen erkannte, gleichzeitig aber in mehrere Richtungen und noch dazu extrem weitwinklig schauen konnte …

Aber dann war es mit der Beschaulichkeit erst einmal vorbei: Die Tür wurde beiseite geschoben, Herr und Frau Hansen standen im Raum. Schweigen. Verwundertes Schweigen.

»Wo ist er?«

Schritte. Bewegung. Unruhiges Atmen.

»Das gibt's doch nicht!«

Greg rührte sich nicht. Ihm gefiel diese Situation.

»Die Tür war doch davor …«

»Unter dem Bett ist er nicht …« Dann der mütterliche Aufschrei: »Da!«

»Erschreck mich doch nicht so!«

Greg wusste nicht, ob der Satz ihm oder Ma galt.

»Komm sofort da runter!«

Das klang wie im richtigen Leben. Und Greg tat etwas, was er sonst eher nicht gewagt hätte: Er leistete passiven Widerstand. Er blieb stur an der Decke kleben.

»Was soll das? Was sollen wir tun?«

Nun passierte etwas, was Greg in größte Verlegenheit brachte: Von einer Sekunde auf die andere hatte er das Bedürfnis … sich zu entleeren! Es war ein völlig neuer, anscheinend unkontrollierbarer körperlicher Vorgang.

Scheiße!, hätte Greg gern gesagt und da war es auch schon so weit: An seinem hintersten Ende fühlte er eine Art Öffnungsmechanismus, ein kurzes Weh und zugleich etwas Befreiendes. Dann plopp … und etwas nicht gerade Kleines, Rundes, Schwarzes, Glänzendes lag zu Füßen der Eltern.

»Wo sind wir denn hier!«, ereiferte sich Herr Hansen. Etwa gleichzeitig hörte Greg seinen Bruder:

»Ach du schöne Scheiße! So einer ist das also!«

»Red nicht so dumm daher!«, erregte sich Herr Hansen. »Hol lieber einen Eimer und was zum Aufwischen!«

»Wieso immer ich?«

Greg konnte weder grinsen noch lachen. Aber bei all seiner Verlegenheit empfand er zugleich so etwas wie Schadenfreude. Und über die wiederum freute er sich, ohne dass es Schaden anrichtete.

»Willst du nicht von da oben runterkommen?«

Ma versuchte es wie auch sonst mit Milde. Und Greg spürte, dass er sich nicht Ewigkeiten so kopfüber halten konnte. Zumal diese unfreiwillige Entleerung auch eine Leere hinterlassen hatte: Das Fressbedürfnis meldete sich wieder.

»Das ist eine Fata Morgana! Das kann alles nicht wahr sein! Was haben wir getan, dass uns so etwas ins Haus kriecht?«

Herr Hansen schien mit den Nerven am Ende. Greg vernahm, wie er sich auf seinem Bett niederließ und ein ums andere Mal stöhnte.

»Ich hab dir von Anfang an gesagt, dass dieses Haus ungute Schwingungen hat. Ich wollte es entstören lassen, aber du, Thomas, warst ja dagegen.«

»Meinetwegen lass es entstören. Aber inklusive dieses Wesens da oben!«

Greg empfand einen schmerzenden Stich – tief innen und exakt so, wie er es aus den letzten Monaten kannte.

»Mir gehen seine vielen Tierfilme nicht aus dem Kopf«, sagte Frau Hansen leise. »Seit Jahren ist er süchtig danach. Guck doch nur diese Stapel von DVDs an!«

»Hör auf, das geht doch nicht zusammen! Wir reden nicht über Greg, wir reden über das da. Das ist überhaupt keine Realität, das ist surreal, das ist Wahnsinn.«

»Das ist das dritte Jahrtausend«, meldete sich Ben zurück. »Wir haben es live und exklusiv im Haus. Kotzend und scheißend und wer weiß was noch alles.«

Jetzt konnte Greg nicht mehr. Ihn hielt es nicht mehr an der Decke. In seinem Inneren rumorte es und sein hinterstes Beinpaar gab den Impuls: runter … so schnell wie möglich runter auf den Boden!

Im gleichen Moment klingelte das Handy von Herrn Hansen.

»Ja?«

Bevor sein Vater zu sprechen begann, wusste Greg, dass es sein Großvater war, der anrief.

»Ja, es geht uns gut … Alles ein bisschen hektisch in letzter Zeit … Stress mit meinen Bauprojekten … Helen? … Ihr geht es recht passabel … Hat den Kopf nicht frei wegen der Prüfungen … Wenn man so spät noch mal was ganz Neues beginnt … Ben? Keine Ahnung … Viel unterwegs, vielleicht verliebt … Sowas ist Tabuthema hier im Haus … Wir sitzen oft zusammen am Computer … Gregor? Greggy? … Ja, der … Du kennst ihn ja … Waren ja alle mal in dem schwierigen Alter … Na, du hast gut scherzen … Nein, leider noch nicht! … Nein, das müssen wir leider verschieben! … Das wird dir Helen noch persönlich erklären … Nein, wegen Greg, Greg ist krank … Ganz plötzlich, über Nacht sozusagen … Irgendwas Ansteckendes wahrscheinlich … Nein, keinesfalls, unter keinen Umständen! Es muss sich um irgendeinen Virus handeln … Nein, du kennst ja Helens Abneigung gegen die Allopathen, diese Normal-Ärzte, die will das selber in den Griff kriegen … Nein, Paul, wenn ich dir sage, es ist unmöglich … Sonst alles nach Plan … Ja, dein Zimmer haben wir eingerichtet, es fehlt nur noch das neue Spezialbett … Ich muss jetzt aufhören, weil ein Bauherr da ist … Nein, Helen ist gerade bei der … bei Greggy … Sie meldet sich … Ciao.«

Ein Schnaufer. Ein Schnaufer aus tiefstem Herzen.

Greg war inzwischen wohlbehalten am Boden angekommen. Irgendwas nervte ihn plötzlich fürchterlich. Es war nicht nur das erneute Hungergefühl. Es war vor allem das Bedürfnis, allein zu sein. Und es war wieder seine Mutter, die seine Gedanken zu lesen schien:

»Lass uns runtergehen. Er muss vielleicht schlafen. Und ich …«

Greg hörte nicht mehr, was sein Vater und Ben zu sagen hatten. Er sah plötzlich seinen Großvater wie eine Erscheinung leibhaftig vor sich im Zimmer stehen: gebeugt und doch irgendwie stark und kraftvoll von innen heraus. Mit seinem verschmitzten Blick, der zuweilen etwas Abwesendes, Entrücktes bekam. Grauhaarig und in letzter Zeit meist auch graugesichtig … Und wie vor seiner Verwandlung überkam Greg eine tiefe Traurigkeit. Er liebte seinen Großvater und er hatte sich immer auf seinen Einzug gefreut. Und nun sollte das ausgerechnet durch ihn nicht möglich sein? Wieso erzählt Pa nicht einfach, was los ist? Warum dieses verlogene Gerede?

Irgendwelche Zeit verging – Gregs Zeitgefühl war wie abgeschaltet. Irgendwann bemerkte er, wie es rundum dunkler wurde. Der Wunsch nach etwas Essbarem war noch da. Aber Greg hatte auch herausbekommen, dass Bewegungslosigkeit den Hunger linderte. Stattdessen überkam ihn jetzt so etwas wie Melancholie. Keine konkreten Gedanken. Kein richtiges Dasein und Wachsein mehr. Alles ganz innen und körperfüllend traurig. Erinnerungen an Worte mischten sich dazwischen. Worte, die er heruntergeschluckt hatte. Worte, die er nicht mehr sprechen, sondern nur noch denken und träumen konnte.

Es musste spät am Abend sein, als seine Mutter das Zimmer betrat und Greg erwachte. Er lag eingerollt unter seinem Schreibtisch und regte sich nicht. Er wusste nicht, ob er Besuch wollte.

»Greggy?«

Greg spürte, wie seine Mutter fast geräuschlos näher kam und sich neben ihn auf den Boden kauerte.

»Hörst du mich, Greggy? Bist du wach?«

Greg reagierte nicht.

»Brauchst du etwas, Greggy? Soll ich dir was bringen?«

Greg hatte einen interessanten Gedanken: Wieso redet sie mich mit meinem Namen an? Wieso ist sie sicher, dass ich es wirklich bin? Ich weiß es ja nicht einmal selber …

»Hörst du meine Stimme, Greg? Ich bin's, deine …«

Frau Hansen sprach nicht weiter und Greg konnte genau erspüren, was in ihr vorging: Sie zweifelte. Sie zweifelte doch. Aber sie bemühte sich, diese Zweifel zu unterdrücken. Sie will ganz überzeugend die Mutter sein. Und sie wünscht sich eindringlich und mit magischer Energie, dass das Wesen vor ihr ihr Kind ist. Oder wieder wird …

»Greg, was ist mit dir? Brauchst du Hilfe?«

Greg verharrte weiter in seiner Stellung – gespannt und die Situation sogar etwas genießend. Jeden Laut, jedes Wort hörte er so einzeln und klar wie nie zuvor. Und das Faszinierendste: Er vernahm dazwischen immer wieder Worte, die überhaupt nicht ausgesprochen wurden – bitte, bitte, bitte …

Unzählige Male dachte seine Mutter nur dieses eine »Bitte« und es drang in Greg ein, ohne dass er sich dagegen wehren konnte.

Gänzlich neu war es nicht, was Greg gerade erlebte. Schon öfter hatte er den Eindruck gehabt, Gedanken lesen zu können. Zwar nur bei wenigen Menschen. Bei Ma eben und manchmal bei seinem Großvater. Und bei der Person, bei der er es seit ein paar Wochen versuchte, da war er sich auch sehr sicher. Aber da gab es keine Beweise. Leider.

»Bitte, Greg, zeig irgendwie, dass du mich wahrnimmst!«

Greg war unschlüssig. Einerseits war diese Rätsel-Situation ungeheuer spannend. Andererseits war in Mas Stimme so etwas Warmes, Flehendes, sodass sich der Raupenkörper schließlich fast wie von selber regte.

»Du, ich möchte dir helfen, ich möchte verstehen, was passiert ist.«

Das möcht ich auch!, hätte Greg nur allzu gern erwidert. Er streckte sich ein wenig und es war nicht unangenehm, wie eine Hand seiner Mutter sanft, sehr sanft über seinen Rücken strich.

Dennoch war es Greg nicht recht. Er drehte sich etwas, damit seine Mutter die seitlichen Körperhaare zu spüren bekam. Unwillkürlich, als hätte sie eine Brennnessel berührt, zog sie ihre Hand zurück. Und fast gleichzeitig waren die Worte – unausgesprochen – bei Greg angekommen:

»Er ist es! Er reagiert genau wie immer!«

Und es schien, als habe diese Feststellung Gregs Mutter beruhigt. Sie hockte jetzt stumm und ohne Regung am Boden. Ihr Blick ruhte auf dem Raupenkörper und war zugleich nach innen gerichtet. Ihr Atem ging gleichmäßig und sehr langsam.

Bitte, bitte … sandte sie nur noch in langen Abständen und ohne Drängen aus.

Gleichwohl wurde es Greg zu eng.

Bitte geh jetzt wieder!, sandte Greg seinen Wunsch aus. Meinetwegen hol mir was zu essen, aber lass mich allein!

Zu Gregs Verwunderung stand Frau Hansen auf und ging wortlos aus dem Zimmer. Die Bitte um Nahrung hatte sie jedoch offenbar nicht empfangen, sein Warten auf etwas zu Futtern war vergeblich …

Ich muss die Sache selber in die Hand nehmen, sagte sich Greg nach einer langen Weile. Er wartete, bis das Flüstern im Elternschlafzimmer endlich verstummte und nur noch das Schnarchen seines Vaters zu vernehmen war. Der Entschluss, sein Zimmer mitten in der Nacht zu verlassen, verursachte ihm Herzklopfen.

Das kenn ich doch von irgendwoher, ärgerte sich Greg und versuchte mit seinen Fühlern zu spielen: ausstrecken … einziehen … wieder ausstrecken. Biegen und beugen und so weit wie möglich nach oben recken … Alles ziemlich ungewohnt und seltsam, aber das würde er schon in den Griff kriegen.

Greg setzte sich in Bewegung. Sein Ziel stand fest. Er wollte unbedingt in der unteren Etage etwas Essbares finden. Außerdem ging es darum, mehr Bewegungsmöglichkeiten zu testen. Und obwohl längst Mitternacht vorbei war, fühlte sich Greg jetzt so fit wie am helllichten Tag. Dabei kam ihm kriechenderweise eine Idee: Was wäre, wenn ich mich jetzt an Bens Türe bemerkbar machen würde?

EINTRITT STRENGSTENS VERBOTEN!

Er hatte das verhasste Poster deutlich vor Augen.

Einfach abreißen, reinbeißen und bis auf den letzten Schnipsel auffressen …

Greg wurde übel bei dem Gedanken und er traute sich nicht. Nach unten!, signalisierte der leere Magen und Greg gehorchte. Schritt für Schritt, vorsichtig tastend und vollends geräuschlos bewegte er sich auf der Treppe … doch dann hielt er inne. Nicht die Dunkelheit war das Problem. Aber auf sechs oder sieben Stufen gleichzeitig zu stehen – das wollte sich in Gregs Kopf nicht so richtig ordnen.

Also: den ganzen Trip noch einmal! Auf allen Vierzehnen rauf und wieder runter! Und noch einmal: rauf und wieder runter. Gregor, die Riesenraupe, war treppensüchtig geworden.

Und dann endlich stand – besser gesagt: lag – Greg vor der Speisekammertür.

Was tun?

Greg ärgerte sich über sein schlechtes Gewissen, weil er sich nachts hier an den Vorräten bedienen wollte. Außerdem machten ihn die unzähligen Gerüche konfus. Vor allem aber fühlte er sich plötzlich wieder sehr klein, höchst ärgerlich klein!

Erst mit dem Aufrichten und Strecken der vorderen Glieder entstand ein Wohlgefühl. Problemlos konnte er die Tür aufdrücken und dann gab es nur noch eins: Fressen. Fressen. Und nochmals Fressen!

Greg machte sich über den Gemüsevorrat her: Weißkohl und Chinakohl. Endiviensalat und Kopfsalat. Die grünen Möhrenstrünke und ein Rest Fenchel und zur Abrundung noch eine Stange Porree. Dabei spielten zwar die Geschmacksnerven verrückt, doch das war Greg egal: jetzt einfach nur Raupe sein und der Fressgier freien Lauf lassen! Was auch immer das für Folgen haben mochte …

Natürlich erst einmal kräftig rülpsen. Dann einige Verdauungsrunden am Wohnzimmerboden drehen. Dann wieder rülpsen. Anschließend ein paar gewagte Kletterkunststücke von der neuen Ledercouch über die Stereoanlage und den Fernseher mitten in die Blumenstellage des Wintergartens. Dort noch eine kleine Nachspeise in Form von frischen Alpenveilchen und ein paar leckeren Primelchen – das haben sie davon, wenn sie mich fast verhungern lassen!

Erst danach bekam Greg wieder Sehnsucht nach seinem Zimmer. Die bekannte Treppennummer und dann das gehasste Plakat. Ein letzter Rülpser genau vor Bens Zimmer und Greg war zufrieden.

Am nächsten Morgen herrschte Chaos im Hause Hansen. Greg war als Erster wach, weil ihn das dringende Verlangen überkam, irgendwo seine Notdurft zu verrichten.

Als Nächstes geriet Frau Hansen außer Fassung. Angesichts der geplünderten Speisekammer und der abgefressenen Blumen wurde ihr klar, dass sie den Appetit ihres tierischen Sohnes unterschätzt hatte.

Danach geriet Herr Hansen in Panik. Gerade hatte er sich heimlich – doch nicht unbemerkt – vergewissert, dass Greg noch lebte, da klingelte es an der Haustür.

»Pssst!«, machte Herr Hansen, auch für Greg unüberhörbar.

Totenstille für ein paar Sekunden. Dann erneut die Klingel, mehrfach und anhaltend.

»Das Bett für Großvater!«, flüsterte Gregs Mutter.

Weshalb es ausgerechnet in dieser Situation eine Raupe juckt, ihr Zimmer zu verlassen, wurde erst etwas später klar. Jedenfalls brachte es den Hausherrn in Rage. Mit Händen und Füßen fuchtelnd, versuchte er Greg aufzuhalten. Frau Hansen wiederum wollte ihr Kind – ihr Kind? – schützen. Entschlossen bemühte sie sich, ihren Ehemann an Schlimmerem zu hindern. Und unten pochte es lautstark und penetrant an der Tür: Jemand schien sich sehr sicher zu sein, dass dieses Haus belebt war.

»Soll ich das regeln?«, flüsterte Ben und grinste.

Der Vorschlag war überflüssig. Kurz darauf schepperte es. Unter Fluchen wurde ein größeres Möbelstück vor der Haustür deponiert und ein Umschlag fiel durch den Briefschlitz.

Greg war dies alles ziemlich gleichgültig. Er hatte andere Nöte und die machten sich am unteren Ende seines Körpers bemerkbar: Gern, sehr gern sogar hätte Greg das Klo oder einen anderen intimen Platz aufgesucht. Doch die Toilettentür war zu und niemand erkannte seine Not. Und so machte es wieder Plopp! und etwas Großes, Rundes, Schwarzes, Glänzendes lag mitten im Flur.

»Scheiße!«, sagte Herr Hansen und meinte damit das Bett vor dem Haus.

»Kannste wohl sagen!«, sagte Ben, indem er auf die schwarze Kugel zeigte. »Diesmal ist jemand anders dran. Ich muss zum Bus.«

Zum Bus!

Was war schlimmer für Greg? Seine Verlegenheit wegen dieser peinlichen Entleerung oder diese Erinnerung an eine gewisse Sara Auster? Gleichwie. Greg verzog sich in sein Zimmer und wollte von nichts, aber auch von gar nichts mehr etwas mitbekommen.

Der Wunsch nach Ruhe und Ungestörtheit war vergebens. Nach einem hektisch eingenommenen Frühstück erschien der Vater mit diversen Utensilien. Hämmernd, bohrend, fluchend und leimend machte er sich am Türstock zu schaffen – nicht ahnend, wie tief und schmerzhaft jedes Geräusch für Greg war und wie unangenehm beißend der Leimgeruch über seinen ganzen Körper kroch.

Bitte erklär du mir, was mit mir los ist! Greg hatte plötzlich das Verlangen, sich an seinen Vater zu wenden. Früher war das kein Problem gewesen. Doch in den letzten Wochen, Monaten (oder wie lange schon?) war das fast nicht mehr möglich ... warum eigentlich?

Der Vater jedoch merkte nichts. Er werkelte nur lautstark vor sich hin. Und erst als Tür und Schloss wieder funktionierten, erschien Herr Hansen bei Greg. Er blieb vor dem Schreibtisch stehen – exakt da, wo er auch sonst stand, wenn Greg abends noch über seinen Hausaufgaben hockte.

Was kommt jetzt?, fragte sich Greg und er erwartete nichts Positives.

Stattdessen aber blieb es still, sehr lange still. Herr Hansen stand nur stumm da. Er guckte auf das Wesen, das sein Sohn sein sollte, hinunter, bewegte dann und wann kaum merklich den Kopf und dachte offenbar angestrengt nach.

Greg konnte seine Gedanken nicht erraten.

Am Mittag fand eine Krisensitzung statt. Gregs Mutter war kurz außer Haus gewesen und sein Vater hatte sich in seinem Büro entschuldigt. Die beiden saßen unten im Wohnzimmer und Greg vernahm nur Bruchstücke des Gesprächs:

»Hilfe von außen« war das erste Thema: »Unmöglich, unmöglich ...

Blamage … Nachbarschaft … unter keinen Umständen … für verrückt gehalten werden … ein absolut außerordentliches Phänomen … eine wahre Katastrophe …«

Für wen?, dachte Greg.

»Großvater Paul« war das nächste Thema: »Akuter Pflegefall … so einen alten Menschen nicht aufregen … Ehrlichkeit und unsere Pflicht … bald eine Entscheidung fällen …«

Er soll kommen! Bitte!, wünschte sich Greg.

Über die geliebte Schule ging's als Nächstes: »Wie an ein ärztliches Attest kommen … einfach abmelden … Ben nicht aufzubürden … glücklicherweise noch keine Freunde dort … mit psychomotorischer Störung begründen …«

Was meinen sie damit?, fragte sich Greg.

»Tierpflege und Ernährung« war das letzte Thema und hier wurde die Diskussion heftig und laut: »Organisationsplan machen … Heißhunger … ewige Scheißerei … Verantwortung … gesunde Ernährung … kein Zoogehege … Wahnwitz … echtes Desaster …«

Und das alles und diese ganzen Gedanken wegen mir, dachte sich Greg und er fühlte sich nicht schlecht dabei.

Bald darauf tauchte Ben auf – unüberhörbar, aufgekratzt und mit Neuigkeiten:

»Die Austers würden gern mal ihre neuen Nachbarn kennen lernen. Sie schlagen ein Familientreffen am nächsten Wochenende vor.«

Greg hörte jedes Wort und sein ganzer Körper wurde von etwas erregt, das er so erst seit einigen Wochen kannte.

Sara … Sara … Sara Auster …

Gleich bei der ersten Begegnung morgens an der Haltestelle war es da gewesen. Flash! Über die Augen, zunächst nur über diese sehr großen Augen. Eigentlich hatte er sich nur ein einziges Mal auf diesen Blick eingelassen. Und nachher hatte er sich immer wieder gefragt, wie man durch einen kurzen Kontakt in eine andere Dimension katapultiert werden kann. Was war es: Reizen? Locken? Ein Spiel?

Was genau hatte er in ihren Augen gesehen? Freundliches? *Ja.* Liebevolles? *Ja, ja.* Aber auch Trauriges oder Bedrücktes oder Einsames. *Sogar sehr.*

Danach hatte er sich nicht mehr getraut. Und Sara sich offensichtlich auch nicht. Sogar das Nahebeieinanderstehen hatten sie vermieden. An der Haltestelle. Im Bus. Beim Aussteigen. Nur auf die Ferne oder über die Fensterscheibe hatten sich die Blicke einige Male getroffen, kurz verfangen und dann … Angst.

Angst wovor?

Wovor muss man Angst haben, wenn man sich anguckt? Weshalb wirkt dieser eine Blick noch nach, wenn man längst in Deutsch oder Bio hockt, auf das Display schaut oder an einem Seil in der Turnhalle hängt? Warum gerade da … körperdurchflutend und erregend?

Geht es Sara genauso? Hat sie meinen Blick auch mitgenommen? Will auch sie unbedingt damit einschlafen, ohne einen Störgedanken? Oder war's nur dieses eine Mal?

Weshalb hat sie ausgerechnet Ben diesen Stick gegeben? Wohin will sie ihn locken? Was will sie ihn fragen?

Warum immer Ben? Warum gerade er? Wo nimmt der seine Lockerheit her? Sprüche klopfend, Witze reißend, grinsend oder lachend wie mindestens zwei Bens. Und keiner traut sich, ihm mal quer zu kommen. So war's in der alten Schule und so ist es in der neuen.

Greg hatte wieder jedes Zeit- und Realitätsgefühl verloren. Er lag zusammengerollt und mit eingezogenem Kopf auf seinem Bett. Da plötzlich spürte er einen dumpfen Schmerz in der Seite.

»He, du Raupenmonster, nicht ständig pennen! Soll ich dir mal was verklickern?«

Greg machte keine Anstalten, seine Schutzhaltung aufzugeben.

»He, Kleiner, mach hier nicht einen auf beleidigt! Was ist das überhaupt für ein tierisch geiles Spielzeug an deinem Hinterteil?«

Greg fühlte sich an einer hoch empfindlichen Stelle angefasst und zugleich geschah etwas, was er nicht unter Kontrolle hatte.

»Au! Hast du 'ne Macke, du Mistvieh?!«

Greg rührte sich nicht. Er hörte, wie seine Eltern angerannt kamen.

»Was ist los? Hat er dich angegriffen?«

»Was machst du mit ihm?«

Die Eltern standen im Zimmer. Mit eingezogenem Kopf nahm Greg an dem Geschehen um ihn herum teil.

»Es brennt tierisch!«, schimpfte Ben. »Der Typ hat versucht mich zu vergiften. Und stinken tut's obendrein. Pfui Teufel!«

»Im Badezimmerschrank ist eine Heilsalbe.«

»Helen, du siehst, so geht das nicht weiter«, sagte Herr Hansen mit belegter Stimme. »Es ist gemeingefährlich.«

»Übertreib nicht, Thomas!«

»Unberechenbar …«

Allerdings!, hätte Greg gern gesagt.

Er fühlte sich nach wie vor geschützt in seiner Haltung und gleichzeitig feige, ziemlich feige sogar. Ihm war nach Flüchten zumute, zugleich wollte er die Situation durchstehen.

Vor allem wollte er nicht Ben das Feld allein überlassen. Zwar schien das Ding da hinten an seinem Körper ganz praktisch zu sein – aber eigentlich wollte Greg sich anders wehren.

Wollte, wollte, wollte …

Erst einmal wunderte sich Greg über seinen Vater. Der nämlich setzte, kaum war Ben mit demonstrativ verbundener Hand zurück, zu einem regelrechten Verhör an:

»Ben, ich will von dir wissen, was in letzter Zeit zwischen euch vorgefallen ist!«

Greg lauschte gespannt und sein Bruder nahm sich Zeit mit der Antwort.

»Wieso jetzt solche Fragen?«

»Antworte bitte!«

»Nichts Wichtiges … Zoff von der harmlosen Sorte …«

»Und worum ging es, als du Gregor vorgestern Abend so angebrüllt hast?«

»Nichts … nur die üblichen Revierkämpfe …«

»Ist dir in letzter Zeit irgendwas an Greg aufgefallen?«

»Nur seine typisch pubertären Anwandlungen.«

In Greg rumorte es. Ihn hielt es nicht mehr in seiner Schutzhaltung. Sein Kopf fuhr aus der Umhüllung und sein Vorderkörper richtete sich auf.

»Vorsicht!«, rief Herr Hansen erschrocken.

»Das ist nicht Greg, das ist ein Monster!«, rief Ben.

»Hört auf!«, flehte Frau Hansen.

Dann merkte Greg, wie die drei es sehr eilig hatten, sein Zimmer zu verlassen und abzuschließen.

Die nächsten Tage verliefen, von ein paar Ausnahmen abgesehen, relativ ruhig. Greg war mit sich und seinem Körper beschäftigt und er hatte sich vorläufig damit abgefunden: Im Kopf lief das meiste in etwa so ab wie vor seiner Verwandlung. Alles andere aber war ein biologisches Rätsel – wenn auch nicht ganz ohne Reiz, wie sich mehr und mehr herausstellte.

Zwar kam nach jedem Aufwachen als erstes der Kick: Extremitäten checken! Kann ich wieder nach etwas greifen? Auf wie vielen Beinen muss ich stehen oder gehen? Anschließend: Sehvermögen checken! Hab ich wieder Klarblick? Oder bleibt's bei dem seltsam-softigen Panoramablick?

Was soll's?, sagte sich Greg. Es hat auf dieser Welt schon größere Katastrophen und Wunder gegeben. So schnell lass ich mich nicht unterkriegen – nicht als Greg und auch nicht als Raupe!

Und dann machte er sich über seine Schulsachen her. Mit Wonne begann er die Hefte, den Ordner und diverse Bücher erst anzuknabbern und schließlich genüsslich zu zermalmen. Dabei war er sehr darauf bedacht, nichts Unverdauliches zu verschlucken, denn der Stick, genauer gesagt: die Worte auf dem Stick lagen ihm noch unvermindert schwer im Magen.

Für die mehrmals am Tage fällige Ausscheidungsprozedur hatte sich Greg auf einen Kompromiss eingelassen. Zwar reizte es ihn mehr denn je, seine Kotkugeln dort fallen zu lassen, wo er gerade herumkrabbelte oder –kletterte. Andererseits wollte er Rücksicht auf seine Mutter nehmen: Sie hatte ihm in einer Ecke des Zimmers eine Art Raupenklo hergerichtet. Es war einem Katzenklo nicht unähnlich – nur statt Streu aus der Tüte gab's Stroh direkt vom nächsten Bauernhof. Und obwohl die Ausscheidungen nahezu geruchlos waren, kam Frau Hansen mehrmals täglich zum Saubermachen.

Zudem schien sie viel Zeit und Sorgfalt auf die Nahrungsbeschaffung zu legen. Nicht wirklich wissend, ob Greg sie verstand, erzählte sie ausführlich von gesunder Biokost: ungespritzt, ohne Kunstdünger, nicht genmanipuliert, vollwertig und sehr nährstoffreich.

Und tatsächlich konnte Greg nicht klagen: Das vegetarische Nahrungsangebot war inzwischen üppig und abwechslungsreich. Was die Bauern und Gemüsehändler dachten, warum Hansens neuerdings solche Unmengen von Grünzeug kauften, hätte Greg liebend gern gewusst. Jedenfalls konnte er jetzt fast ohne Unterbrechung von morgens bis abends an irgendwas rumknabbern. Und ohne Sinn und Zweck schien dieser Fresszwang nicht zu sein: Greg hatte das sichere Gefühl, noch zu wachsen.

Was ihn eher nebenbei beschäftigte: Wieso konnte und wollte er sich so abwechslungsreich ernähren? Raupen sind keine Allesfresser – so wusste er es von seinen vielen Tierstudien … eigentlich spezialisiert auf eine Pflanzenart. Aber schließlich war er ja keine Normal-Raupe, sondern eine neue, höchst wundersam-exotische Kreatur.

Was Ben betraf, so ließ er Greg weitgehend in Ruhe. Er war nachmittags und abends meist auf Achse. Manchmal hockte er, wie früher auch, mit Herrn Hansen vor dem Computer. Und zwischendurch dröhnte er sich mit Drum 'n' Bass zu. Das hatte Greg auch früher schon genervt. Doch jetzt, dank seiner außergewöhnlichen Hörfähigkeit, blieb ihm zum Selbstschutz nichts anderes übrig, als sich zusammenzurollen und den Kopf einzuziehen.

Ich will ja gar nichts mehr mitbekommen von da draußen, versuchte Greg sich umzuprogrammieren. Ich will mein eigenes Leben führen, nur mein eigenes Leben!

Dass er nun schon länger sein Zimmer nicht verlassen hatte, war im Moment das kleinere Problem. Ich werd hier schon rauskommen, da war sich die Raupe Greg sicher. Erst warte ich mal ab, was Ma gemeint hat, als sie sagte: »Genieß vorläufig dein Zimmer, Greggy. Wir lassen uns schon was einfallen, hab nur etwas Geduld!« Anschließend vernahm Greg das bekannte Geräusch im Schlüsselloch und er war wieder eingesperrt.

Was sein Vater trieb, war für Greg wie gewohnt ein Geheimnis. Er wusste um dessen anstrengenden und zeitraubenden Job. Er kannte ihn fast nur unter Stress oder sonstwie in Aktion. Mit Ben am Computer. Mit Ben am Diskutieren über Zukunftstechnologien. Mit Ma in Bau- oder Finanzpläne vertieft oder nebenan in etwas anderes.

In Gregs Zimmer zeigte er sich im Moment so gut wie nicht. Nur dann und wann erschien er an der Türschwelle, um sich zu vergewissern, dass alles beim Alten beziehungsweise beim Neuen war.

Ein einziges Mal gab es Probleme – und die waren heftig.

Greg hatte sich gerade unter sein Bett zurückgezogen und begonnen, sich neue Szenen mit seinen beiden Comicfiguren auszumalen. Obwohl alles nur Fantasie war und nicht aufs Papier konnte – das Prickelnde und Erregende war wie früher. Und ausgerechnet im spannendsten Moment kam die Störung: Erst die Schritte, unverwechselbar von Pa. Dann das Schlüsselgeräusch – auch anders als bei Ma. Dann das Öffnen der Tür – seit der Reparatur von einem grässlichen Knarzen begleitet. Und dann ein Hin und Her, ein Kreuz und Quer der Schritte im Zimmer, schlussendlich vor dem Bett verharrend:

»He, komm mal da raus!«

Pas Stimme klang fremd und unsicher.

»Komm mal her, es gibt auch was zu fressen!«

Immerhin: das erste höchstpersönliche Essensangebot.

»He du, warum versteckst du dich? Ich würd gern was mit dir machen.«

Verblüffend. Was sind das für seltene Töne?

Greg ließ sich Zeit, er wollte nicht gehorchen wie ein braves, abgerichtetes Haustier. Doch dann überwog die Neugier. Hinterstes Beinpaar aktivieren. Das zweithinterste. Das nächste …

Und dann der Schreck. Kaum war Greg vollends aufgetaucht, klickte es und blitzte es. Und gleich wieder: Klick! Blitz!

»Ja … prima … so ist es schön!«

Greg fühlte sich verwirrt und geblendet zugleich. Er hielt in seinen Bewegungen inne und versuchte sich zu orientieren.

Klick! Blitz!

»So … und jetzt noch von der Seite und von hinten …«

Klick, Blitz … und dann klickte es endlich auch blitzartig in Gregs Kopf: Er fotografiert mich, er macht einfach Fotos, ohne mich zu fragen!

Es war nicht nur Ärger oder Wut. Zugleich war da noch ein ganz spezielles Unbehagen, eine Art Widerwille, der Greg befiel. Und ohne genau zu wissen, was er tun sollte, kroch er so behände und rasch, wie er es sich niemals zugetraut hatte, die nächste Wand hoch, die Decke entlang und wieder hinunter zum Türstock.

»Stopp! Halt! Was hast du denn?!«

Die väterliche Stimme war durchdringend laut und unangenehm. Und fast gleichzeitig, als Greg aus dem Zimmer floh, tauchte Frau Hansen aus dem Bad auf.

»Was ist denn hier los?«

»Nichts, nichts … Komm sofort zurück!«

Flucht! Freiheit!, war das Einzige, was Greg durch den Kopf ging. Dabei suchte er sich nicht gerade den einfachsten Weg in Richtung Erdgeschoss und Haustür: Immer die Decke entlang, zwischen tausend Halogenstrahlern hindurch, an scharfkantigen Bilderrahmen hängen bleibend, dabei Scherben unter sich zurücklassend …

»Bleib doch hier, Gregor! Mach keinen Blödsinn, ich wollte dich ja nicht erschrecken.«

»Greggy!«, rief nun auch Frau Hansen, während sie mit ihrem Mann um die Wette nach unten hastete.

Greg hatte inzwischen notgedrungen Halt gemacht. Es war wie zu erwarten: Die Haustür und jeder andere Ausschlupf waren verschlossen. Hansens mussten ja schließlich ihren guten Ruf schützen. Und Greg kam sich vor wie bei früheren Unternehmungen auf zwei Beinen: Auch die endeten meistens kurz vor oder spätestens hinter einer Tür.

Das nächste Mal mach ich's schlauer, nahm sich Greg vor.

Und er trat freiwillig den Rückzug an, diesmal über die Treppe und etwas langsamer. Irgendetwas schmerzte fürchterlich – das eine innen und das andere außen …

»Siehst du, er hat sich verletzt! Was willst du auch mit der Kamera?«, hörte Greg, bevor er im Zimmer verschwand.

Schon bald erschien die Mutter mit pflanzlichen Tinkturen, frischem Salat und tröstenden Worten. Die Raupe jedoch, ihr Sohn, hatte sich eingerollt. Er wollte vorerst von nichts und niemandem mehr etwas wissen. Doch dann:

Es war der ständige Hunger, der Greg schließlich in die Gegenwart zurückholte. Zugleich verspürte er noch eine andere Unruhe, die sich zusehends steigerte. Es war ein Gefühl tief innen, das er so ähnlich schon kannte. Es hatte mit Vorahnung zu tun. Und die Bestätigung ließ nicht lange auf sich warten:

»Bitte erschrecken Sie nicht, Doktor Schwarz! Wir stehen selber vor einem Rätsel. Wir wagen überhaupt nicht, es laut auszusprechen.«

»Wir haben lange gezögert und wollten abwarten, bis der Spuk vorbei ist. Sie sind der Erste, dem wir unser Vertrauen schenken.«

»Wir brauchen Ihre Hilfe. Unser … unser Kind …«

Gregs Herz begann schneller zu pochen und vor allem lauter. Er hörte Stimmen und Schritte näher kommen. Es war aufregend, wie Geburtstag, Weihnachten und Zeugnisausgabe an einem Tag.

»Bitte erschrecken Sie nicht! Es ist etwas sehr Überraschendes, was Sie erwartet …«

Der Arzt war jetzt hörbar genervt: »Hat er epileptische Anfälle oder was? Was meinen Sie eigentlich, was ich in meinem Beruf schon erlebt habe? Zwei Jahre Unfallnotaufnahme, drei Jahre Tropenkrankheiten, vier Jahre Aids-Sterbeklinik.«

Greg vernahm das Aufschließen. Dann das Knarzen.

»Herr Doktor, es handelt sich hier nicht um solche medizinischen Alltagsphänomene. Bei uns ist was passiert, was …«

Greg hatte jedem Wort gelauscht, aber nun hörte er eine ganze Weile nichts mehr. Er lag regungslos mitten im Zimmer und vor ihm sein Lieblingsball.

Schweigen. Langes, langes Schweigen.

Greg rührte sich nicht.

»Sie … Sie wollen mich wohl zum Narren halten!«

Mehr war nicht.

Erst verschwand der Arzt. Dann Herr Hansen. Als Letzte Gregs Mutter.

»Grotesk, grotesk! Ich dachte, es handelt sich hier um einen seriösen Haushalt.«

Die Haustür auf.

»Herr Doktor, ich erinnere Sie an Ihre ärztliche Schweigepflicht!«

»Herr Doktor, bitte!«

»Sie meinen wohl Meldepflicht. Absurd, einfach absurd!«

Die Haustür zu.

Die Folgen dieses Auftritts waren: erst einmal Schweigen, ewig langes Schweigen. Dann verloren die Hansens die Fassung. Herr Hansen bekam einen Verzweiflungsanfall und brauchte am hellichten Tag einen Schnaps. Frau Hansen liefen die Tränen und sie brauchte gleichfalls einen Schnaps.

Greg war hellwach und registrierte jeden Ton.

Schadenfreude? Er lächelte in sich hinein. Oft genug hatte ihn niemand beachtet oder ernst genommen. Nun als Raupe war er plötzlich unübersehbar und schon brach das Chaos aus. Dabei war das alles erst der harmlose Anfang – dieses sichere Vorgefühl hatte Greg in seinem riesigen, hungrigen Magen.

Erst Bens Erscheinen veränderte die Stimmung im Haus.

Greg hörte, wie sein Bruder die Mutter tröstete und sich anschließend alles haarklein berichten ließ. Bens Reaktion war klar und deutlich und er duldete keinen Widerspruch:

»Ihr schaut der Realität nicht ins Gesicht. Ihr wollt am liebsten alles vertuschen und verdrängen und was habt ihr davon? Nur peinliche Auftritte! Die Sache ist so, wie sie ist. Greg ist abgetreten und sein Nachfolger sitzt da oben und kackt uns das Haus voll. Wie so was passieren kann, müsst ihr nicht mich oder so einen antiquierten Doktor fragen. Dafür gibt's Spezialisten: Zoologen, Genforscher, irgendwelche Zukunfts-Fuzzis. Ihr müsst endlich begreifen, was auf der Welt abgeht. Ihr lebt noch im letzten Jahrtausend und traut euch nicht ins neue. Das ist Fakt und nun unternehmt was!«

Greg hatte jedes Wort genossen. Denn obwohl er reichlich Probleme mit seinem Bruder hatte – diese Ansprache beeindruckte ihn. Auch bei den Eltern schien sie Folgen zu haben: Am Abend und am nächsten Tag wurde hinter verschlossenen Türen fast pausenlos telefoniert. Auch Ben hatte sich schulfrei genommen, beteiligte sich offenbar an den Beratungen und recherchierte später stundenlang mit seinem Vater im Internet.

Greg hingegen wollte an dem Ganzen nicht teilhaben. Er hatte seine eigenen Ansichten und Gefühle. Und die Sehnsucht ließ ihn einen Plan schmieden, der ihm nicht mehr aus dem Kopf wollte und jemanden betraf:

Sara.

Das nächste Ereignis war wieder nicht eingeplant – nur für Greg war es wie ein Geschenk aus dem Kosmos.

Dieses Mal stand nicht Großvaters Bett vor der Haustür, sondern ein Taxi. Der Fahrer läutete Sturm und ließ sich nicht abwimmeln: »Mein Kunde möchte in Ihr Haus. Inklusive Gepäck!«

Kurz darauf stand Herr Brandenburg, Gregs Großvater, leibhaftig im Haus – gebrechlich zwar, aber nicht ohne Humor:

»Keine Sorge, meine Lieben, ich werde euch nicht lange zur Last fallen. Aber ob ihr wollt oder nicht, so ein bisschen von meinem Haus-Kredit möchte ich noch bei euch abwohnen. Mit dem Gregor-Spezial-Virus werde ich mich schon arrangieren.«

Da gab's nichts mehr zu diskutieren. Das Zimmer war ja längst hergerichtet. Und auch die Überlegungen, wie man den Großvater von dem zur Raupe verwandelten Greg fernhalten könnte, waren nach wenigen Stunden hinfällig. Zwar hatten die Hansens für den Großvater wegen seiner Gehprobleme nur das Erdgeschoss als Bewegungsraum vorgesehen – doch kaum hatte sich der alte Herr in seinem Zimmer einigermaßen eingerichtet, kletterte er unter Schmerzen heimlich die Treppe hinauf, um seinem Lieblingsenkel höchstpersönlich einen Krankenbesuch abzustatten.

Klopf, klopf an dessen Tür: keine Antwort.

Klopf, klopf in Gregs Herz: Er wusste, wer zu ihm wollte.

»Wieso sperren die den armen Jungen ein?«

Herr Brandenburg neigte normalerweise nicht zu Selbstgesprächen. Doch in diesem Haus war ihm schon seit seiner Ankunft etwas nicht geheuer. Denn auf jede seiner Fragen nach Gregs Befinden hatte es nur ausweichende oder verworrene Antworten gegeben.

»Selbst ist der Mann! Auch wenn er alt und gebrechlich ist.«

»Vater?«, rief Frau Hansen besorgt von unten, denn sie meinte, Geräusche vernommen zu haben.

»Paul?«, rief Herr Hansen aus dem Keller.

»Ist was mit ihm?«

Keine Antwort. Stattdessen: Knarz und klick … Herr Brandenburg betrat Gregs Zimmer.

»Großvater?« Ben kam nebenan aus seinem Zimmer und guckte ziemlich ratlos.

»Greg? Greg?!«, rief der entschlossen und wunderte sich und wunderte sich, dass das Bett leer war.

Der Rest der Familie hatte sich im Nu in Gregs Zimmer eingefunden.

»Wieso liegt der Junge nicht in seinem Bett?«

»Ich vermute, er liegt gerade unterm Bett«, bemerkte Ben.

»Wie bitte, soll das ein Krankenlager sein??« Der Großvater beugte sich stöhnend nach unten: »Greg?«, sagte er auf gut Glück. »Hörst du mich? Ich wollte bei dir einen Krankenbesuch machen und habe dir ein paar Tierfilme mitgebracht.«

»Paul, bitte! Können wir dich einen Augenblick allein sprechen? Draußen, nicht hier bei …«

Obwohl der alte Mann sichtlich geschwächt war und auch seine Verwirrung nicht ganz zu verbergen wusste, war seine Stimme fest und entschieden:

»Ihr überrascht mich, Kinder! Ich dachte immer, ihr würdet eure alten Herrschaften ernst nehmen und nicht für blöd verkaufen. Bitte lasst mich mit Ben allein reden.«

Auch wenn Frau und Herr Hansen sich nicht daran erinnern konnten, wann sie das letzte Mal eines Zimmers verwiesen worden waren – sie gehorchten und der Großvater schloss hinter ihnen die Tür.

»Junge«, sagte er zu Ben. »Bitte die ganze Wahrheit!«

Ben überlegte kurz und ein Lächeln huschte über sein Gesicht. Er warf einen prüfenden Blick zum Bett hin und dann redete er:

»Greg gibt's nicht mehr.«

»Interessant.«

»Eine rätselhafte Verwandlung, ein Mutationssprung, verstehst du? Irgendwas Megafuturistisches hat aus Greggy was anderes werden lassen.«

»Interessant.«

»Hier im Haus geht tierisch was ab, Großvater. Wir stehen alle vor einem Rätsel.«

»Und wo bitte habt ihr den mutierten Greg versteckt?«

»Er versteckt sich selber manchmal da unter dem Bett.«

»Danke, Ben. Lass uns jetzt bitte allein.«

»Aber es stimmt, Großvater.«

»Ich hab verstanden, Ben.«

Greg wusste: Nun wird es ernst, nun muss ich mich zeigen und Großvater bekommt den Schock seines Lebens.

Ben hatte das Zimmer verlassen und die warme, so ungemein sympathische Stimme fragte erneut:

»Greg?«

Trau dich, sei mutig! Dir kann nichts passieren, Greg! Er wird es schon verkraften …

Es durchzuckte Greg ein paar Mal. Er fühlte sich beengt, weil er neuerdings, dank seines permanenten Wachsens, kaum noch unter das Bett passte. Er richtete seine Fühler nach vorn und der Entschluss, sich zu zeigen, setzte ihn von ganz hinten in Bewegung.

Ruhe. Gespannte Ruhe.

Greg roch seinen Großvater und genau jetzt, zum ersten Mal seit seiner Verwandlung, bedauerte Greg es zutiefst, nicht mehr klar und deutlich sehen zu können.

Er war aufgeregt, aber er verspürte keine Angst. Er kroch in ganzer Länge aus seinem Versteck und wusste eigentlich nicht, wohin. Sollte er einfach vor dem Großvater liegen bleiben? Oder aufs Bett krabbeln? Oder die Wände hoch?

»Bist du's, Greg?«

Gute Frage. Greg konnte sie nicht einmal sich selbst beantworten. Aber zum ersten Mal seit langem – es kam ihm wie eine Ewigkeit vor – versuchte er, etwas anderes als Beiß- oder Kaugeräusche von sich zu geben:

»Jjj… chchch…«

Für einen winzigen Moment schien es, als gelänge ihm mehr als nur dieser klägliche Laut. Die Worte waren alle im Kopf … viele

Worte, viele Sätze. Aber zugleich fand es Greg auch ziemlich überflüssig, zu antworten.

Wer oder was ist denn Greg? Ein Name nur? Oder mehr? Gestern ein Mensch. Heute eine Raupe. Und morgen?

»Du bist ein sehr schönes Tier!«

Diese Worte waren wohltuend, ungemein wohltuend.

Greg lag nur da und genoss die Nähe des Menschen, den er viel zu wenig kannte, zu dem er aber schon immer größtes Vertrauen hatte – wortlos meistens, wie jetzt auch.

»Ist das hier nicht ein Gefängnis für dich? Krepiert so ein Wesen nicht in solcher Enge?«

In Greg kam Erregung hoch, aber er hielt still. Mit seinen Facettenaugen beobachtete er, wie der große, längliche Fleck Großvater sich von ihm in Richtung Fenster entfernte.

»Paul?!«, rief Herr Hansen von unten.

»Sowas wie du braucht viel Sauerstoff und Auslauf ...«

»Vater?!«

Das Fenster wurde geöffnet. Kühle Nachtluft drang ins Zimmer und Greg verspürte Bewegungslust.

»Komm, genieß die Freiheit! Ich lass das Fenster offen, du kannst jederzeit wieder herein.«

Der alte Mann machte den Weg frei, ging zur Tür und hielt inne. Greg fühlte sich ganz wohlwollend beobachtet. Trotzdem war ihm die Situation peinlich. Greg spürte nur einen einzigen Impuls und der war: So schnell wie möglich nach draußen! Hinauf zum Fenster! Vorsichtig über die Brüstung! Die Außenwand nichts wie runter und weg vom Haus!

Den weiteren Weg kannte die Raupe Greg Meter für Meter, Hindernis für Hindernis – sie war ihn in den letzten Tagen viele Male in der Fantasie gegangen ...

Und derweil im Haus – was geschah da?

»Paul? Geht es dir nicht gut?«, tönte besorgt die Stimme des Schwiegersohns.

»Vater? Warum musst du auch hier rauf? Was bist du nur für ein Querkopf?«

»Keine Sorge, ihr Lieben! Besser Querkopf als Schwachkopf. Euer schönes Haustier hab ich erst mal an die frische Luft entlassen.«

»Waaas?«

»Wie bitte??«

Greg hätte gern noch gelauscht, aber er musste auf jeden seiner Schritte achten: Er lief zunächst ins Dunkle und alles, was er hinter sich zurückließ, war weniger aufregend als das, was vor ihm lag.

Der Weg war mühsam. Die vielen Beine waren es nicht gewohnt, abwechselnd über weiches Gras und scharfkantigen Kies, über rohe Holzlatten und durch Blumenrabatten, über glatten Asphalt und quer durch ein nicht enden wollendes Rapsfeld zu krabbeln. Dazu die Aufregung, die kein Greg und keine Raupe so einfach abschütteln kann. Und irgendwann prompt von fern und doch ganz nah, eine Suchaktion mit Taschenlampen und Autoscheinwerfern – glücklicherweise aber nur in der näheren Umgebung von Hansens Anwesen.

Vor Gregs Fühlern war alles ruhig und dunkel – fast dunkel. Denn am Ende des Feldes wurde Greg von einem Lichtschein angezogen, den er nicht extra orten musste. Seit Wochen beobachtete er diese Stelle vom Küchenfenster oder von der Terrasse aus. Und meistens gegen 23 Uhr, an den Wochenenden auch später, wurde es dort dunkel. Was heute passierte, konnte Greg nicht voraussehen: Er hatte jedes Zeitgefühl verloren, wusste weder Wochentag noch Stunde. Er fühlte sich nur von diesem Sehnen getrieben – auch wenn die Idee total verrückt und außerdem gefährlich war.

Wie wird sie reagieren, falls sie ihn entdeckt? Jagt er ihr nicht einen Riesenschreck ein? Fängt sie an zu schreien oder flüchtet sie zu ihren Eltern?

Solche und andere Wirrgedanken kreisten Greg im Kopf, während er im Schutz der Dunkelheit zielsicher auf das Auster-Haus zustrebte.

Und dann hatte er es geschafft. Er lag genau unter Saras beleuchtetem Fenster, mitten in einem Blumenbeet, auf das er jetzt keine Rücksicht nehmen konnte. Über ihm das Zimmerlicht und rhythmische Musik, die er mochte. An einer Hausfront Dunkelheit, an der anderen ein Lichtfeld vor einer offenen Terrassentür. Auch von dort Töne: Musik, die Greg nicht mochte und Stimmen, die er nicht verstand.

Was nun? Bisher war fast alles wie in Trance geschehen. Aber nun hatte Greg plötzlich Bedenken.

Wie sollte Sara ahnen, wen sie vor sich hatte? Vielleicht fürchtete sie sich vor großen Tieren? Hatte Ben nicht von einem endhässlichen Schreckgesicht gesprochen, das er raupentypisch mit sich herumtrug?

Ich muss es wagen! Ich will wenigstens ahnen, wo sie gerade steht oder sitzt oder liegt …

Und mit mehr Herzklopfen denn je tastete sich die Raupe Greg Schrittchen für Schrittchen hoch zum Fenstersims.

Nur noch den Kopf hoch und …

»Grrrrrrrrrrrrr!«

Greg war starr.

Schrecken. Angst. Wut.

Natürlich der Köter! Logisch! Wieso hatte er nicht an dieses blöde, kleine, kläffende Etwas gedacht, das sich die Austers idiotischerweise als Haustier zugelegt hatten??

»Grrrrrrr! Grrrrr!«

Was jetzt? Wohin?

Gerade hatte sich Greg entschlossen, den Weg nach oben zu suchen, als im ersten Stock Licht anging, gleich darauf ein Fenster geöffnet wurde und eine weibliche Stimme »Idefix?« rief.

»Kläff-kläff … grrr!«

Es war kein Nachdenken mehr, sondern purer Instinkt, der Greg so handeln ließ: Er kletterte schnurstracks zurück nach unten, direkt auf diesen Mini-Köter zu.

»Grrrrrrr!«, tönte es diesmal etwas schüchtern, aber der Kleine wich nicht von der Stelle.

»Ist da wer?«

Greg hatte das Blumenbeet erreicht.

»Sara, knips bitte mal die Außenbeleuchtung an!«

Greg sah das kleine Wesen, roch das Hundige und auch das Ängstliche und wusste trotzdem: Flucht … so schnell wie möglich weg von hier!

Aber just in diesem Moment ging ein Terrassenlicht an und

genau jetzt wollte Idefix offenbar seinen Übermut beweisen: Er sprang Greg von hinten an – das rote Hörnchen hatte es ihm wohl besonders angetan. Ein Kläffen eher der kläglichen Art, dann ein penetranter Gestank, der selbst Greg unangenehm war. Die Brennhaare hatten wohl auch gewirkt: Greg war seinen Widersacher los!

Alles andere ging wie von selbst: Greg versuchte so schnell wie möglich aus dem Licht zu kommen, das ihn gleich von mehreren Stellen aus zu verfolgen schien.

»Guck mal, was ist das?!«

»Unfasslich!«

»Sei vorsichtig, das ist ja riesig! Bleib hier!!«

Greg lief seiner eigenen Geruchsspur nach, so schnell er konnte. Immer stur geradeaus. Direkt nach Hause. Eine Zeit lang fühlte er sich noch verfolgt und dann war alles ausgeblendet. Mit letzter Kraft schaffte Greg den Weg über den Holzzaun, durch den Garten und hinauf zu seinem Zimmer. Das Fenster war offen, die Lampe am Bett brannte wie immer. Greg fühlte einen unangenehmen Schwindel. Das Verkriechen unters Bett wollte nicht mehr gelingen.

Er rollte sich zusammen, wo er gerade lag und zog den Kopf ein. Trotz der Erschöpfung überkamen ihn wieder diese unangenehmen Zuckungen, aber er hatte keine Energie mehr, sich darum zu kümmern – er verfiel in einen Tiefschlaf.

Als Greg wieder zu sich kam, fühlte er sich raupenelend. Hunger?

Greg roch die verschiedensten frischen Salatsorten ganz in seiner Nähe – aber nach Fressen war ihm jetzt nicht. Stattdessen war da ein fremdes und neues Empfinden, das er, genauso wie diese ständigen Zuckungen, nicht kontrollieren konnte.

»Guck mal, Greggy, was ich dir alles hergerichtet hab!«

Die Stimme von Ma war lieb und sanft wie meistens, doch Greg wollte auch damit nichts zu tun haben. Allein dieses ständige »Greggy« ging ihm fürchterlich auf den Nerv …

»Was ist mit dir? Können wir dir irgendwie helfen?«

Ich komm schon selber klar, hätte Greg antworten wollen, obwohl er auch davon nicht mehr überzeugt war.

Von weiter weg hörte er Stimmen: Die eine war die seines Vaters – hektisch, unsicher und viel zu laut. Die andere war weiblich, schüchtern und viel leiser.

»Greggy, hörst du mich?«

Frau Hansen kniete vor der zusammengerollten Raupe. Sie machte zärtliche Streichelbewegungen über dem Rücken, ohne ihn dabei zu berühren. Ihr Gesicht war von längerer Schlaflosigkeit gezeichnet.

»Wir wissen nicht mehr weiter, Greggy! Wir haben jemand kommen lassen, der dich untersuchen soll.«

Nein! Greg spürte einen Widerstand, den er mit nichts ausdrücken konnte. Zusammengerollt war er schon. Auch den Kopf hatte er eingezogen. Die wenigen anderen Möglichkeiten, sich zu wehren, hatte er schon ausprobiert – damit konnte er einen kleinen Köter einschüchtern oder Ben ärgern – zu mehr taugten sie nicht.

»Bitte betrachten Sie ihn mit Fassung, Frau Rossetti! Es kann sein, dass er noch schläft. Sehen Sie selber!«

Die Stimme des Vaters war das Letzte, was Greg aufnahm, bevor er eine Art Anfall bekam: Ruckelnd und zuckelnd schob er sich über den Boden. Er verspürte einen unwiderstehlichen Zwang, sich zu dehnen und zu strecken.

Körper … alles nur noch Körper … eine Ewigkeit lang nur dieser vielgliedrige und vielfüßige Körper …

Und dann endlich beruhigte sich alles. Ein Wohlgefühl durchzog den ganzen Riesenleib und das Aufwachen war ganz so, als betrete Greg eine neue Welt. Oder besser: Ein neuer Greg betrat die alte Welt.

»So etwas hat er uns bisher noch nicht geboten«, flüsterte Herr Hansen.

»Er sieht jetzt ganz anders aus!«, sagte Frau Hansen ebenso leise.

»Er hat sich gehäutet«, sagte die fremde weibliche Stimme.

Sara. Es ist Saras Schuld, ging Greg durch den Kopf. Aber er konnte mit diesem Gedanken momentan nichts anfangen.

»Ja, Frau Hansen, Sie …«, meldete sich wieder diese Frauenstimme zu Wort. »Sie haben ihn genau richtig beschrieben. Er ist ganz und gar Raupe. Wo … wo haben Sie das Tier her?«

Bevor jemand antworten konnte, klingelte das Handy in Herrn Hansens Jackentasche.

»Ja, bitte … Architekturbüro Hansen … Hansen hier.«

Von fern vernahm Greg eine Stimme, die er erst ein einziges Mal und ganz vor Kurzem gehört hatte – männlich, gnadenlos erregt und hektisch.

»Bitte, Herr Auster, bitte lassen Sie es sich erklären!«

Erneut hörte Greg einen Wortschwall und danach wieder seinen Vater:

»Bitte, Herr Rechtsanwalt, es handelt sich um eine völlig harmlose Kreatur, die gewöhnlich eingesperrt ist. Nur durch ein Missgeschick …«

»Sag ihm, wir würden bei ihm vorbeischauen«, mischte sich Frau Hansen ein. »Die Kinder kennen sich.«

»Herr Auster, wir sind ebenso an guten nachbarschaftlichen Beziehungen interessiert. Aber meine Frau und ich waren total überlastet in letzter Zeit. Und eine Anzeige würde doch niemand …«

Greg lauschte und merkte dabei, dass es ihm plötzlich so gut ging wie nie zuvor. Die Zuckungen hatten aufgehört. Der ganze Körper war entspannt und irgendwie befreit. Und außerdem fühlte er, dass er deutlich gewachsen war. Dafür war allerdings, wie aus dem Nichts, der alte Fressdrang wieder da – hemmungslos und nicht zu beherrschen. Greg fuhr den Kopf weit aus und strebte dem Grünzeug zu, alles Gerede interessierte ihn herzlich-raupig wenig – er machte sich voller Gier über die Salatblätter her …

Trotzdem drangen Sprachfetzen an sein Ohr:

»Eine unbekannte Art … mir noch nie begegnet … in unserer Fachliteratur garantiert nicht erwähnt … subtropischer Herkunft wahrscheinlich … trotzdem artentypisch und zugleich unfasslich … die alte Haut vorsichtig aufbewahren … die neue oft heller und farbiger … wäre im Zoo eine große Attraktion … sehr engagierter Studienkollege, der in einem Forschungsinstitut arbeitet …«

Sie sollen nur quatschen und spekulieren und sich über mich lustig machen, dachte Greg.

Irgendwann waren sie dann alle aus seinem Zimmer verschwunden und auch unten im Haus schien man zu Flüstergesprächen übergegangen zu sein. Am lautesten vernahm Greg noch die Vögel draußen im Garten. Und bei einer kurzen Fresspause stellte er fest, was er schon befürchtet hatte: Sein Fenster war wieder fest verschlossen.

Warum war sein Großvater ausgerechnet jetzt so schwach drauf? Liebend gern hätte er ihn jetzt bei sich gehabt … einfach nur so.

Wieso es Greg in diesem neuen Raupenkostüm trotzdem besser denn je ging, das war ihm ein Rätsel. Zwar lag ihm noch der missglückte Ausflug im Magen – sofern dort überhaupt Platz für so etwas war. Aber zugleich ahnte und plante Greg Kommendes. Er fühlte sich abenteuerlustiger denn je – als Raupe, als Greg Hansen, als Lebewesen überhaupt. Dass es mit dem ruhigen häuslichen Dasein bald ein Ende haben würde, überkam Greg gleichfalls wie eine Vorahnung. Und auf die konnte er sich inzwischen verlassen …

Wie aufregend die Zeiten waren, hatte auch Ben zu melden, als er Greg einen Besuch abstattete. Er hatte frisches Gemüse dabei und noch etwas anderes, was verteufelt nach leckeren Gummibärchen roch …

»Hi, was für ein Spinni hat denn dich befallen!? Einfach die Nachbarschaft in Panik versetzen! Und das ausgerechnet am heißesten Platz in der ganzen Umgebung!«

Quatsch nur weiter, hätte Greg gerne gesagt und er wunderte sich: Endlich hatte er mal keinen Schiss, wenn sein Bruder auftauchte.

Plopp!

Wieso ihm gerade jetzt dieses Missgeschick passierte, wusste Greg nicht. Ist mir auch sch…egal, sagte er sich.

»Fressen und Scheißen … ein feines Leben hast du dir ausgesucht. Guck mal, was ich dir mitgebracht hab, Kleiner!«

Ben hielt Greg eine offene Tüte Gummibärchen vor das Maul und der »Kleine« hätte am liebsten gleich zugepackt.

»Ultimativer Test! Wenn du die magst, bist du noch mein Bruder. Wenn du sie ablehnst, dann finde ich es auch richtig, dass du im Zoo landest.«

Zoo?

Greg richtete unvermittelt seine Vorderglieder auf und es sah fast so aus, als wolle er mit Ben reden.

»Ja, Zoo! Der Kleine hat richtig verstanden.«

Zoo?? War das ernst gemeint? Greg verharrte in seiner Stellung und wartete darauf, dass Ben weitersprach.

»Oder Zirkus, wenn du ein paar Kunststücke bei mir lernst. Komm, mein außerirdisches Brüderchen! Stell dich mal noch höher auf, mach ›Bitte-bitte‹ und dann gibt's drei Bärchen zur Belohnung. Komm, mach ›Bitte-bitte‹!«

Scheißtyp! Greg spürte, wie sein rotes Hörnchen sich aufrichtete und seine Schutzhaare alle einzeln vom Körper abstanden. Er hatte Lust, einfach auf Ben loszugehen, obwohl der größer, stärker und geschickter war.

»Was ist, mein abartiges Brüderchen?«

Furz!

Es kam einfach raus aus Greg, unüberhörbar und raupenspezifisch laut und offenbar musste auch Ben diese neue Art, sich zu äußern, erst mal verarbeiten.

»Sag mal, was sind denn das für Töne?!«

Statt einer Antwort machte Greg das, was ihn schon die ganze Zeit reizte: Er schnappte sich die Gummibärchentüte aus Bens Hand und fraß einfach drauflos …

»Ja, spinnt denn unser Monster!«

Im gleichen Moment wurde die Tür aufgerissen und ein aufgeregter Herr Hansen stand im Raum:

»Ben, du musst sofort zu diesen Austers rüber! Sprich mit dem Mädchen oder mit der Mutter. Dieser A…, dieser Anwalt hat offensichtlich die Presse informiert. Es haben mehrere Leute von der Zeitung angerufen und wollten wissen, wo wir wohnen, um ein Interview zu bekommen. Lade die Austers zu uns ein oder bitte um einen Besuchstermin. Ich versuch's schon ständig in seinem Büro und privat. Aber dieser Herr Rechtsanwalt lässt sich permanent verleugnen!«

Furz! Greg war es wieder passiert.

»Schlechte Erziehung«, bemerkte Ben.

»Spar dir diese Kommentare, sonst dreh ich durch!«

Dann fiel die Tür knarzend ins Schloss.

Ein munteres Haus, dachte Greg und machte sich über den Rest der Gummibärchen her.

Unten klingelten Handy und Telefon wie wild um die Wette. Dazwischen piepste auch noch das alte Faxgerät. Frau Hansen schrie einmal laut auf. Die Haustür wurde zugeschlagen. Der Großvater beschwerte sich deutlich vernehmbar über das Tohuwabohu in einem Landhaus.

Und die Raupe?

Sie amüsierte sich, wie man sich eben als Raupe amüsieren konnte …

Erst am Abend bekam Greg wieder Besuch und den hatte er sehr erhofft: Großvater Paul klopfte erst an, betrat das Zimmer und zog die Tür hinter sich zu.

Aus Verdauungsgründen war Greg gerade an der Decke unterwegs – und er war einen Moment unsicher, wie er sich verhalten sollte.

»Kannst von mir aus da oben hocken bleiben. Mich stört niemand über mir.«

Die Stimme! Diese besondere Stimme!, dachte Greg und er hatte das Bedürfnis, dem Großvater möglichst nahe zu sein.

»Tja, so ist das Leben …«

Der Großvater nahm mit einiger Mühe auf dem Bett Platz und Greg legte sich halb eingerollt zu seinen Füßen. Und plötzlich hatte er das Gefühl, dieselbe Situation vor Urzeiten exakt genau so schon einmal erlebt zu haben … mit Großvater … in so einer Stellung … in der gleichen Stimmung. Aber als Raupe?

»Tja, so ist das Leben. Einfach und kompliziert. Kompliziert einfach. Einfach kompliziert …«

Greg lauschte nur und genoss jedes Wort dieser sonoren Stimme.

»Da will man den Abend seines Lebens geruhsam bei den Kindern und Enkeln auf dem Land verbringen … und was erlebt man dort? Seltsames, höchst Seltsames …«

Greg lauschte jedem einzelnen Wort und ärgerte sich zugleich, weil er Ben die Treppe herauftrampeln hörte.

»Manchmal denk ich, ich sitze im Kino: Sciencefiction oder so was Ähnliches. Paul ist auf seine alten Tage hautnah dran an der Zukunft. Aber dann wird mir klar, dass das alles beileibe nichts Neues ist. Wundersame Wesen wie dich hat es auf unserer Erde schon immer gegeben. Nur die letzten zweitausend Jahre war's, was das betrifft, ziemlich langweilig. Trotzdem stört mich was …«

Der Großvater hörte auf zu sprechen und Greg wurde unruhig: Draußen, direkt vor seiner Zimmertür, stand Ben und lauschte!

»Ich weiß ja nicht, ob du alles verstehst, was ich hier rede. Jedenfalls möchte ich dir eine Geschichte erzählen.«

Jetzt konnte Greg nicht mehr stillhalten.

»Ben kann ruhig mithören«, sagte der Großvater, als habe er Gregs Gedanken gelesen. »Ben, komm rein!«

Greg ärgerte sich.

»Ich will euch nicht stören«, sagte Ben. »Aber Ma bittet dich inständig, das Fenster zuzulassen.«

»Das, mein lieber Enkel, werde ich mir noch inständig überlegen. Setz dich zu uns, möglicherweise interessiert dich auch, was ich gerade erzählen will.«

Der alte Mann machte eine längere Pause, bevor er weitersprach:

»Vor fast hundert Jahren hat ein Autor namens Franz Kafka eine Geschichte geschrieben. Sie handelt von einem jungen Menschen, der eines Morgens als Riesenkäfer aufwacht. Vielleicht ist das ein Zufall – aber dieser junge Mann heißt auch Gregor. Er lebt bei seinen Eltern und der Schock zu Hause ist riesengroß. Niemand kann mit dieser Verwandlung klarkommen. Der arme Kerl wird von niemandem verstanden und kann sich nicht wehren. Er verreckt elendiglich in seinem Zimmer.«

Der Großvater schwieg und Greg war unwohl.

»Das ist nur eine Geschichte«, sagte Ben. »Hier aber haben wir's mit der Realität zu tun. Der Typ da ist echt und deshalb gibt's gerade auch ein paar echte Probleme.«

»Alles wird mal zu Geschichte«, bemerkte der Großvater und erhob sich schwerfällig. Ich wollte das nur mal gesagt haben, damit es hier nicht auch als Tragödie endet.

»Und was soll passieren? Was können wir tun? Was schlägst du vor, Großvater?«

»Alte Menschen sollen sich nicht bei den Jungen einmischen, wird immer gesagt. Und an manchem immer Gesagten ist sicher was Richtiges dran.«

»Trotzdem sollten wir die Fenster und Türen zulassen«, sagte Ben. »Es gibt nämlich Nachbarn, die haben was gegen solche Tierchen.«

Greg hielt es kaum noch aus und er hätte Ben am liebsten auf die Treppe verfolgt und ihm irgendwas Gemeines angetan. Aber der Großvater versperrte ihm den Weg:

»Hör mal zu, du Raupenwesen«, sagte er leise und Greg fühlte über sich einen großen angenehmen Schatten. »Ich möchte dir einen Tipp geben: Geh deinen Weg, deinen eigenen und ganz persönlichen Weg, und lass dich von niemandem aufhalten. Vergiss das nicht!«

Eigentlich hatte Greg vorgehabt, intensiv über das nachzudenken, was sein Großvater erzählt hatte. Stattdessen aber befiel ihn wieder der Heißhunger.

Und mehr noch: Greg fühlte sich unerträglich unwohl in seinem Zimmer. Nicht nur, dass es ihm zu eng war. Er hatte plötzlich Lust, alles, fast alles von früher wegzuschaffen, zu vertilgen oder sonstwie zu vernichten.

Und so begann er, soweit es seine Kauwerkzeuge zuließen, das bunte Teenie-Bettzeug zu zerfetzen, seine alten Bücher zu zernagen und sich über allen Schnickschnack herzumachen, der ihn an sein früheres Leben erinnerte. Jetzt noch die Fußballer-Poster …

Mitten in dieser Aktion platzte Frau Hansen ins Zimmer.

»Um Himmels willen! Hör auf!«

Gewöhnlich war dies ein Ausruf, der Greg – bei was auch immer – innehalten ließ. Heute aber juckte es ihn in jedem Fuß und besonders in den Kiefern: Poster über dem Bett weg und dann noch der Stundenplan und die blöde Lehrer-Liste neben dem Schreibtisch … danach war Greg fürs Erste zufrieden.

»Was ist nur mit dir?«

Frau Hansen hatte dem Treiben hilflos zugesehen. Und obwohl sie die ganze Zeit den Gedanken zu unterdrücken suchte, kamen ihr jetzt doch ernste Zweifel, ob es sich bei diesem Lebewesen vor ihr noch um Greg handelte.

»Bitte, du, hör mir zu! Ich weiß nicht mehr weiter.«

Greg genoss die Situation: Endlich hatte er den Mut gehabt, sich richtig gehen zu lassen. Endlich drehte sich alles um ihn und nicht um Heilpraktiker-Schule-Stress, Bauprojekte-Probleme oder Bens neueste Internet-Abenteuer.

»Bitte, Greggy, verhalte dich ruhig! Wir tun alles, damit du dich wohl fühlst, dass alles wieder gut wird. Und bitte, du, hau nicht wieder ab! Du hast uns in eine fürchterliche Situation gebracht. Wir müssen von morgens bis abends lügen.«

Müsst ihr doch gar nicht, hätte Greg gerne eingeworfen.

»In der Schule, bei unseren Freunden, bei allen Verwandten – mit Ausnahme von Paul. Thomas kommt nicht mehr mit seinen Bauherren klar. Ben kümmert sich um alles andere als um seine Schule. Und ich kriege keinen einzigen medizinischen Begriff mehr für die Prüfung in den Kopf. Von den ausgefallenen Seminaren und meinen Wochenendgruppen gar nicht zu sprechen. Und jetzt noch die Sorge, dass alles herauskommt …«

Greg stellte verwundert fest, dass ihn dies alles momentan ziemlich wenig interessierte. Er hatte wieder dieses Leeregefühl im

Magen. Und er war froh, als diesmal überraschend sein Vater mit Grünzeug im Zimmer erschien.

»Hier, was Feines für unser Haustier!«

Das sollte wohl besonders lustig klingen und zu Gregs Verwunderung hockte sich sein Vater direkt vor ihn und wedelte mit einem frischen Salatblatt vor seinem Kopf.

»Ganz frisch vom Bauern … biodynamisch und ungespritzt!«

Er lügt. Er trickst mich aus. Greg war sich sicher. Und er meinte auch zu spüren, wie seine Eltern stumme Signale austauschten.

»Hier, solchen Salat magst du doch besonders …«

Oh, immer diese dummen, ausgeleierten Sprüche, hätte Greg gerne gesagt. Er wird sich noch wundern, was aus seinem lieben Sohn wird, dachte Greg und fasste zu. Die Kauwerkzeuge knirschten und knarzten und alles in der Greg-Raupe war nur noch auf Sättigung aus.

Wenige Minuten später war Greg bewusstlos. Er lag da, als schliefe er. Der Kopf war halb eingezogen und zur Seite gesunken. Die Fühler und die Seitenhaare hingen schlaff hinunter. Das Schreckgesicht war eingefallen. Und auch hinten das Hörnchen hatte seine Drohfarbe verloren.

»Bitte fassen Sie ihn äußerst behutsam an. Wir wissen nicht, welche Stellen besonders empfindlich sind.«

Zwei Sanitäter in Arbeitskleidung und mit Tragbahre standen in Gregs Zimmer und blickten ziemlich ratlos auf das Lebewesen vor ihnen.

»Und die soll echt sein?«, fragte der eine.

»Und womit, bitte, haben Sie sie betäubt?«, fragte der andere.

»Mit flüssigem Kohlensäuregas. Und jetzt bitte keine weiteren Fragen!«, sagte Herr Hansen und sein Gesicht bekam rote Flecken. »Ich zahle Ihnen diese Unsumme, damit Sie schweigen und Ihren Job erledigen. Reicht das?!«

»Wenn Sie gestatten, dies ist eine Premiere in unserer Krankentransport-Karriere …«

»Auch für uns«, sagte Frau Hansen und sie war so blass wie seit Gregs Geburt nicht mehr.

»Bitte ganz sanft, er ist sehr empfindlich!«

Kurz darauf lag die Raupe Greg angeschnallt auf der Bahre. Ein weißes Tuch bedeckte sie von oben bis unten. Und selbst Ben blieb stumm, bis alle die Haustür erreicht hatten.

»Achtung, draußen lungern wieder so ein paar Typen rum!«, flüsterte er – sichtlich dieses Spektakel genießend.

»Kein Wort zu niemandem und gleich hinter mir die Tür zu!«, gab Herr Hansen Order und jeder konnte sehen, wie erregt und nervös er war.

Bens Warnung war nicht umsonst gewesen: Kaum hatte Herr Hansen mit den beiden Männern das Haus in Richtung Krankenwagen verlassen, stürzten sich gleich mehrere Fotografen auf das Objekt ihrer Begierde.

»Dürfen wir wissen, ob es sich bei dem Kranken um ein Familienmitglied handelt?«

»Stimmen die Gerüchte, dass in Ihrem Haus exotische Lebewesen gehalten werden?«

»Züchten Sie die Tiere selber oder sind Sie nur Architekt?«

»Verschwinden Sie!!«, schrie Herr Hansen. »Dies ist unsere Privatsphäre!«

Alles weitere verlief stumm: Die Bahre wurde in den Transporter geschoben. Herr Hansen und ein Sanitäter nahmen daneben Platz. Der andere sprang auf den Fahrersitz und zog die Tür mit lautem Krachen zu.

Unter Blitzlichtgewitter wurde Greg davongefahren …

Das Erste, was Greg nach einer längeren Zeit der Ohnmacht wieder aufnahm, wurde über den Geruchssinn vermeldet: sehr, sehr Verwirrendes.

Es war ein Durcheinander von vielen Gerüchen: Kamelmist und Löwenauswurf. Affenpisse und Bärenkot. Lamaspucke und Pferdeäpfel. Und, und, und …

Erst einige Zeit später funktionierte auch das Hören wieder: alles viel leiser als sonst und die Stimmen kaum unterscheidbar – wie durch einen dicken Wattebausch:

»Mit größter Gewissheit männlichen Geschlechts ... verblüffende Identität von allen typischen Artenmerkmalen ... keinerlei Anzeichen von menschenähnlichen Anlagen ... gewiss nur von kurzer Lebenserwartung auszugehen ... in jeder Hinsicht alle biologische Forschung ad absurdum führend ... im Rahmen der zoologischen Abteilung pflegerische Betreuung unmöglich ... unser Mitgefühl und unsere aufrichtige Anteilnahme ... Diskretion ist selbstverständlich ...«

Langsam, überaus langsam fand Greg in den vollen Wachzustand zurück. Sein ohnehin unbefriedigender Gesichtssinn funktionierte nach wie vor nicht. Aber er konnte seinen Vater orten, spürte sogar dessen Nervosität und Verlegenheit. Und so, als müsse er erst vollständig wieder auftauen, konnte er nur ungewohnt mühsam die Beine rühren und die vielen Glieder seines Körpers in Bewegung setzen.

»Was wir Ihnen anbieten können, Herr Hansen: Es gibt ein sehr fortschrittliches, labortechnisch auf dem neuesten Stand befindliches Gen-Institut. Wir sind sicher, der Leiter, ein gewisser Professor Doktor Markstein, wird Ihnen und Ihrem Tier sofort einen Termin geben.«

»Könnte man ihn hierher bestellen?«, fragte Herr Hansen.

Was geht hier ab? Was haben die mit mir vor? Plötzlich war Greg hellwach. Er hob den Kopf, richtete die Vorderglieder auf und irgendwie war ihm so, als könne er sogar die blinden Schreckaugen benutzen.

»Achtung!«

»Vorsicht!!«

»Bleib ganz ruhig«, sagte die Stimme des Vaters und sie klang dabei so fremd und unsicher wie nie.

»Haben Sie ihn wirklich im Griff?«

»Ja, natürlich.«

Für Greg war alles nur noch Reiz ... jeder Geruch, jedes Wort und ebenso die dunklen Schatten, die ihn umgaben. Wie von Sinnen krabbelte er einfach los, suchte den nächsten Weg nach oben, wollte einfach nur weg aus dieser Enge.

»Aufpassen, die Geräte!«

Irgendwas schepperte, Glas zerbrach am Boden.

»Tut etwas, das geht nicht!«

»Gregor, komm runter! Es passiert dir nichts!«

Hunger, ich hab Hunger! Die Bewusstlosigkeit hatte für einige Zeit diesen Trieb abgedämpft, aber nun meldete er sich stärker denn je und zugleich hatte Greg ein Schwächegefühl wie früher nach einem Tausendmeterlauf.

»Komm, Tier, wir haben gutes Futter für dich!«

Jemand schien zu wissen, wie man mit Raupen umgehen musste.

Dann wurde mal wieder Rätselhaftes gesprochen und diskutiert – mit reichlich medizinischen Fachausdrücken. Doch Greg war es momentan einerlei – hauptsache Stärkung, hauptsache Kräfte sammeln …

Sara.

So wie der Rücktransport verlief, wusste Greg, dass ein neuer Lebensabschnitt für ihn begonnen hatte.

Er legte sich, nachdem der ärgste Hunger gestillt war, freiwillig auf die Krankenbahre. Ohne Widerstand ließ er sich anschnallen. Und der Abschied von den hundert verschiedenen Tiergerüchen fiel ihm auch nicht schwer.

Kaum aber war die Tür hinter ihm geschlossen und der Krankenwagen losgefahren, ging die Aufregung los.

»Wir werden verfolgt!«, hörte Greg den Fahrer über Sprechfunk melden.

»Fahr schneller! Schalt die Sirene und das Blaulicht an!«

»Nichts Lautes, nichts Auffälliges!«, mischte sich Gregs Vater ein.

»Scheiße! Der Gleiche wie auf der Hinfahrt. Ich dachte, das wäre Zufall gewesen.«

»Was für ein Fahrzeug?«, fragte Herr Hansen, der aus seiner Position nichts erkennen konnte.

»Ich melde der Zentrale, sie sollen die Polizei benachrichtigen.«

»Keine Polizei! Alles anonym!«, rief Herr Hansen.

Während der Wortwechsel immer hektischer wurde, beschleunigte sich die Fahrt. Die Reifen unter Greg quietschten fast pausenlos. Von draußen kamen Hup- und Bremsgeräusche und irgendwann eine zweite Sirene, eine dritte …

Greg lauschte dem Chaos und er wusste bald nicht mehr, was seinem Magen mehr Probleme bereitete: das fehlende Fressen oder die kurvenreiche Raserei.

Die Ankunft zu Hause war nicht weniger aufregend als die Fahrt. Gleichzeitig mit dem Krankenwagen trafen zwei Streifenwagen der Polizei ein und in angemessenem Abstand auf dem Feldweg, wo sonst nur dann und wann ein Traktor oder ein Mähdrescher verkehrte, standen gleich mehrere PKWs und zwei Motorräder.

»Keine Gespräche! Keine Auskünfte!«, versuchte Herr Hansen die Sache in den Griff zu bekommen.

»Dir passiert nichts«, sagte er in fast väterlichem Ton zu Greg und breitete sorgfältig das weiße Tuch über ihn.

Das ist das letzte Mal, dass ich mich so behandeln lasse, nahm Greg sich vor. Bei aller Attraktion des Geschehens um ihn herum – angeschnallt zu sein, war ein Horror für ihn und die ganze Aktion wurde ihm jetzt erst richtig klar: Indem er rückwärts dachte und einen längeren Aussetzer seiner Erinnerung übersprang, kam er zu der Fütterungsszene mit seinem Vater:

»Ganz frisch vom Bauern … ungespritzt!«

Lüge!

Und Ma hat genau gewusst, was da gespielt wurde … miese Trickserei … fiese Kumpanei!

Die Verhandlungen der Hansens mit der Polizei verliefen geheim und fern von Gregs Gehör. Ohne dass ein Fremder ihn zu Gesicht bekam, wurde er zurück in sein Zimmer transportiert und dort wieder freigelassen.

Durchatmen. Entspannen. Endlich allein.

Zuallererst machte er einen Beschnupperungsgang. Am Boden. An allen vier Wänden und der Decke. Dabei stellte Greg verwirrt fest: Einiges hier war verändert, offenbar hat Ma meine Aufräumarbeiten zu Ende geführt. Und sogleich befiel ihn wieder dieses unkontrollierbare Hungergefühl: Wenn ich nicht fresse, wachse ich nicht. Und wenn ich nicht wachse, ändert sich nichts an meinem Leben. So einfach ist das, stellte Greg ganz nüchtern fest und krabbelte zu seinem Futterplatz, wo er reichlich Vorrat fand.

Misstrauisch beschnüffelte er das Grünzeug, aber seine Kauwerkzeuge führten fast ein Eigenleben. Gierig griffen sie zu: erst Kopfsalat. Dann Löwenzahnblätter. Danach eine neue, sehr schmackhafte Gemüsesorte …

Raupen fressen sonst nicht so durcheinander, erinnerte sich Greg wieder an eine seiner vielen Tier-DVDs.

Aber was heißt hier schon Raupe?, fragte sich Greg.

Und was heißt hier Greg?, fragte die Raupe zurück.

Bald darauf hörte Greg Schritte: Seine Mutter kam die Treppe herauf. Obwohl sein Hunger längst noch nicht gestillt war, ließ Greg das angeknabberte Blatt fallen, zog den Kopf ein und rollte sich zusammen.

Frau Hansen öffnete die Tür.

»Greggy?«

Greg stellte sich taub.

»Stör ich dich, Greggy?«

Greg genoss die Situation. Soll sie ruhig spüren, dass ich sauer auf sie bin! Sie war an der Trickserei mit der Betäubung beteiligt. Sie ist an allem beteiligt, was mich hier einengt.

»Fühlst du dich jetzt wohler in deinem Zimmer? Es ist so schwer, zu wissen, was dir gut tut.«

Es ist wie sonst auch, stellte Greg nüchtern fest: Sie hat was in ihrer Stimme, wogegen ich nicht ankomme! Nie kann ich ihr länger böse sein, obwohl sie mich fast genauso wenig ernst nimmt wie die anderen.

Aber dann hatte Greg eine Idee: Ich werde sie testen!

So als erwache er gerade aus einem Tiefschlaf, entrollte er sich langsam und zeigte seinen Kopf. Dann machte er eine fast galante Drehung mit seinem ganzen Körper – er genoss diese Bewegungen immer mehr – und krabbelte vierzehnfüßig direkt auf seine Mutter zu. Er hockte sich dicht vor sie. Konzentriert richtete er alle seine Gedanken nur auf sie. Und dann schickte er eine Wunschmeldung los:

Ich will nicht mehr hier oben eingesperrt sein, ich will mich frei bewegen können!

Es war totenstill im Zimmer. Greg rührte sich nicht. Und auch seine Mutter zeigte keine Regung.

Kapierst du? Ich will mich frei bewegen können!, wiederholte Greg noch einmal seine Meldung.

Sara hat auf so was reagiert, ging es Greg durch den Kopf. Sara hat sich danach mehrmals nach mir umgedreht!

»Hast du einen Wunsch?« Frau Hansen holte Greg in die Raupengegenwart zurück.

»Ich – will – mich – frei – bewegen!«, sagte Greg tonlos.

»Willst du frei im Haus herumlaufen? Würde dir das gut tun?«

Greg wurde mit einem Mal von einem großen Glücksgefühl befallen. Ohne es kontrollieren zu können, bewegte er sich auf seine

Mutter zu und strich mit seinem ganzen Körper an ihren Beinen entlang. Einen Augenblick verharrte er und merkte, wie er verlegen wurde.

Fressen. Einfach wieder fressen!

Greg machte sich erneut über das Grünzeug her und dabei spürte er, wie seine Mutter regungslos auf dem Bett sitzen blieb und ihn beobachtete und beobachtete …

Erst viel später stattete auch Herr Hansen Greg einen Besuch ab. Er sah müde aus, sein Gesicht war von der Schlaflosigkeit und den Aufregungen der letzten Tage gezeichnet.

Greg war gerade damit beschäftigt, neue Körperbewegungen auszuprobieren. Mit Vergnügen stellte er fest, dass er auf den drei vorderen Beinpaaren stehen und gleichzeitig sämtliche hinteren Glieder hoch in die Luft strecken konnte.

Ein geiles Gefühl, dachte Greg und war entschlossen, seinen Vater nicht zu beachten.

»Du?«, fragte der ungewohnt leise.

Greg merkte, wie sich in seinem Hinterteil etwas regte.

»Ich weiß nicht, ob du mich hörst …«

Plopp!

»Du entwickelst hier einen sehr eigenen Lebensstil, mit dem ich gewisse Probleme habe …«

Plopp!, machte es überraschenderweise ein zweites Mal.

»Dennoch möcht ich dich wissen lassen, dass mir das leid tut mit der Betäubung …«

Plopp könnte es auch noch ein drittes Mal machen, überlegte Greg und versuchte sich auf den vorderen sechs Beinen vorwärts zu bewegen.

»Die Tür lass ich übrigens offen …«

Greg vernahm es mit Interesse.

»Nur eine Bitte: Zeig dich möglichst nicht an den Fenstern!«

Greg lauschte seinem Vater hinterher: Er verschwand im Schlafzimmer, aber das interessierte ihn heute nicht. Er selber brauchte dringend ein Schläfchen, um fit für die Nacht zu sein.

Es war nach Mitternacht, als Greg wieder aufwachte. Die Halogenlampe brannte wie immer. Im Haus rührte sich nichts. Nur ein leichter Luftzug strich über den Boden des Zimmers: Die Tür war offen geblieben.

Greg machte sich auf den Weg. Er hatte kein bestimmtes Ziel. Er wollte es nur genießen, ungestört durch fast alle Räume krabbeln zu können. Die nächtlichen Ausflüge von früher – in der alten Wohnung und hier im Haus – lagen Jahrzehnte zurück. Auch das ständige schlechte Gewissen, das ihn dabei begleitet hatte. Heute wollte er nur Raupe sein. Ohne Erinnerung. Ohne Zukunft. Nur jetzt und hier in diesem Haus, wo es Unzähliges zu riechen, zu ertasten und zu schmecken gab. Es schien, als habe man für den vielfüßigen Hausbewohner extra ein paar Lampen angelassen. Nur den Ausblick, den Greg so gern gehabt hätte – oder wenigstens die Ahnung eines solchen Blickes – den hatte man ihm verwehrt: Überall waren die Jalousien heruntergelassen.

Hunger. Hunger.

Gerade als sich Greg den Vorräten in der Speisekammer zuwenden wollte, hörte er von draußen Stimmen. Eine bekannte, lallend. Mehrere fremde, teils lallend, teils stocknüchtern. Kurz darauf wurde die Haustür von außen aufgesperrt und ein nicht mehr ganz nüchterner Ben Hansen stolperte in den Flur.

»Nix Interview, nix Foto … unser Jahrtausendmonster hat sich längst verpuppt und ist davongeflogen … ihr braucht ′nen Hubi, um mein außerirdisches Brüderchen einzuholen … nix mit Riesenraupen-Monsterfurz-Sensationsartikel … der tierisch-geile Gig findet woanders statt …«

Klack!

Die Tür war zu. Die Presse draußen. Ben drinnen. Und Greg fand die Szene tierisch amüsant.

»Alles dreht sich nur noch um unser Monster«, muffelte Ben vor sich hin. Im selben Moment tauchte Greg hinter ihm auf.

»Ja, spinnst du, Raupi! Mich so zu erschrecken …«

Greg juckte es wieder im Hinterteil. Doch diesmal wollte nichts raus, sondern alles nach oben, wie vor ein paar Stunden geübt.

»Geil, du Raupi! Doch zum Zirkus oder was?«

Greg gab die Antwort auf seine Weise: Auf den vorderen sechs Beinen setzte er sich in Bewegung, direkt auf Ben zu.

»He, guck mich nicht so an! Ich bin dein Bruder, dein großer Bruder, verstehst du mich?«

Furz!

»He, du Stinktier! Hier wird nicht einfach rumgefurzt. Das hier ist eine feine Familie mit feinen Manieren, verstehst du mich?«

Furz!

Rülps! Auch Ben hatte seine Probleme …

»Ja, spinn ich denn, oder wer? Komm mal mit in die Küche! Ich hab tierischen Durst und du vielleicht auch.«

Greg gefiel dieser Dialog. Zum ersten Mal machte Ben ihm ein solches Angebot. Und obwohl eine Raupe keinen Durst kennt, lief sie – jetzt wieder auf allen Vierzehnen – hinter Ben her.

Und dann? Dümmeres konnte nicht passieren: Ben hatte eine Flasche Bier geöffnet und selbst einen kräftigen Schluck genommen. Dann kam er, leicht torkelnd auf Greg zu. Gerade machte er, leicht schwankend, Anstalten, seinem Bruder irgendwie etwas von dem Bier zu verabreichen – da stand Herr Hansen im Schlafanzug im Türrahmen:

»Ben!«

Greg spürte, wie sein Bruder erschrak.

»Lass das Tier in Frieden!«

»Wollt ja nur mal testen …«

Der Rest geschah schnell und ohne Widerspruch: Herr Hansen kümmerte sich ausnahmsweise mal ganz entschlossen um seinen Ältesten. Wortlos und mit einiger Mühe bugsierte er ihn die Treppe hinauf, bis in dessen Zimmer. Tür zu und ohne sich weiter um Greg zu kümmern, verschwand er im Elternschlafzimmer.

Am nächsten Morgen gab es Frühstück im Stehen und gleich anschließend eine Krisensitzung im Hause Hansen.

»Das Haus ist umstellt«, konstatierte Vater Hansen. »Wir haben keine Chance.«

»In die Offensive gehen! Dafür plädier ich schon seit Langem«, beteiligte sich Ben, inzwischen wieder ausgenüchtert.

»Meine Nerven spielen nicht mehr mit, ich bin nicht entscheidungsfähig«, erklärte Mutter Hansen.

»Auf mich braucht ihr keine Rücksicht zu nehmen«, sagte Großvater Paul. »Meine spezielle Meinung in dieser Angelegenheit ist ja nicht erwünscht.« Kopfschüttelnd zog er sich in sein Zimmer zurück.

Ihm geht es schlecht, er ist überfordert, empfing Greg und knabberte an Salatblättern, die Frau Hansen ihm neben dem Kühlschrank in einer großen Schüssel zubereitet hatte.

Das Handy klingelte zum x-ten Mal und diesmal nahm Herr Hansen das Gespräch an:

»Ja, bitte?«

»Sprech ich mit Herrn Thomas Hansen?«

»Ja.«

»Ich hab es schon oft versucht. Ihre Nummer habe ich vom Zoologischen Institut. Ich möchte Ihnen gerne weiterhelfen. Mein Name ist Doktor Markstein, M-A-R-K-S-T-E-I-N. Ich bin Leiter des gentechnischen Instituts ...«

Gerne hätte Greg weiter zugehört, aber sein Vater verließ mit dem Handy die Küche und diese sehr ungewöhnlich klingende Stimme verlor sich in der Ferne.

Und dann klingelte es auch noch an der Tür.

»Wir machen nicht auf«, sagte Frau Hansen entschieden.

»Wieso?«, widersprach Ben. »Ich bin dafür, sie alle einmal reinzulassen und danach lassen sie uns garantiert in Frieden. So extraordinär ist unser Haustier ja auch wieder nicht. Ich hab mich schon längst dran gewöhnt. Inklusive aller Nebengeräusche.«

Es klingelte heftiger.

»Hol Thomas her, er soll sich drum kümmern!«

Greg tat unbeteiligt und ließ seine Kiefer spielen. Es stand was bevor, das meldete sein siebter oder achter Sinn.

Es klingelte Sturm und Herr Hansen wusste, dass er erscheinen musste:

»Wir empfangen niemanden, wir kaufen nichts, wir haben nichts zu verschenken. Bitte respektieren Sie unsere Privatsphäre!«

Herr Hansen hatte durch das kleine Türfenster gesprochen, aber die zwei Herren, in grauen Overalls und mit Werkzeugkästen bewaffnet, ließen sich nicht abwimmeln.

»Entschuldigen Sie die Störung, Herr Hansen. Wir sind von den Stadtwerken. Gassicherheitsprüfung. Sie sind verpflichtet, uns reinzulassen. Die Höhe der Konventionalstrafe ist Ihnen bekannt? Ansonsten müssen wir leider Ihre Hauptleitung kappen. Das wäre doch ärgerlich, oder …?«

Herr Hansen war kurz davor, endgültig auszurasten.

»Ich bin vom Fach, meine Herren, mir brauchen Sie nichts zu erzählen! Treten Sie ein und beginnen Sie oben im Bad!«

»Herzlichen Dank, Sie ersparen uns einige Mühe.«

Das war's, dachte Greg ohne Schmunzeln: Pa spielt wieder mal den Starken und merkt nicht, dass seine Menschenkenntnis bedenklich schwach entwickelt ist. Längst von mir gecheckt, dachte Greg mit innerem Schmunzeln. Aber erst seit meiner Verwandlung spür ich es so überdeutlich …

Wie Recht er hatte, wurde nach wenigen Minuten klar. Zwar tat Herr Hansen sein Bestes und lockte Greg mit dem frischesten Salatkopf und freundlichen Worten in das Esszimmer, wo garantiert keine Gasleitung installiert war – doch die Herren mit den grauen Overalls verstanden ihren Job:

Erst ein bisschen Kontrolle im Bad, dann ein paar Handgriffe in der Küche, zwischendurch noch ein kurzer Prüfgang in den Keller. Doch kaum war Herr Hansen wieder mal mit seinem Handy zugange, nutzten die beiden ihre Chance: Gästezimmertür auf! Wohnzimmertür auf! Klotür auf! Und ganz zuletzt das Esszimmer …

Klackediklack … Klickediklick … Werkzeugkästen können auch Fotoausrüstung enthalten!

Bevor jemand außer Greg merkte, wer sich ins Haus gemogelt hatte, waren die Beweisfotos geknipst …

»Los, nichts wie weg!«

»Halt, Moment mal, Ihre Papiere!«

»Was schreist du so, Thomas?«

»Braucht mein Schwiegersohn Hilfe?«

»Soll ich sie verfolgen, Pa?«

Chaos. Chaos pur: Alle schrieen durcheinander. Greg zog es vor, sich in seinem Zimmer zu verkriechen.

Am nächsten Mittag kam Ben zeitungswedelnd von der Schule heim.

»Seid ihr auf dem neuesten Stand? Wollt ihr mal tierisch geile Fotos von unserer Wohnung sehen?«

Und auch die nächste Schockmeldung ließ nicht lange auf sich warten:

»Geh mal ins Internet! Unser Haus ist da zu sehen. Und von der Verfolgungsjagd haben sie auch Aufnahmen …«

»So geht's nicht weiter!«, kommentierte Herr Hansen die Kommentare. »Ich werd was unternehmen …«

Die nächsten Tage waren nicht angenehm für Greg. Ihm wurde wieder eng in seiner Haut. Der Hunger ließ mehr und mehr nach. Der ganze Körper tat weh. Und im Kopf machte sich Gleichgültigkeit breit wie ein Nebel, der alle Wahrnehmung und alles Mitdenken einhüllte. Zwar nahm Greg die Hektik im Haus und ums Haus wahr und einzelne Eindrücke zogen wie Schwaden bis in sein Zimmer – aber so verschwanden sie auch wieder und lösten sich ins Ungreifbare auf …

Vielleicht werde ich jetzt ganz und endgültig Tier und dann sieht das Leben noch mal anders aus, träumte die Raupe.

Tatsächlich reagierte ihr Gehör momentan am stärksten von allen Sinnen. Auf den Amselgesang in der Morgendämmerung. Auf das vielvogelige Gezwitscher am frühen Abend. Das Kläffen jedoch, das von Zeit zu Zeit aus immer der gleichen Richtung zu hören war, das stimmte die Raupe sehr, sehr missmutig. Dies war eine Art Stimmung, bei der der Kopf, das Gehirn nicht mitwirkte – mehr war im Moment nicht möglich …

Zwischendurch schaute Ben nach dem Rechten. Er entfernte fast ohne Murren die weniger gewordenen großen, schwarzen, glänzenden Kugeln und erzählte wirres Zeug, das er im Internet recherchiert hatte:

»Weltweit bist du offenbar das einzige Exemplar deiner Art … Exoten aber gibt's en masse: zweifüßig, achtfüßig und x-füßig. Zweiflügelig und vierflügelig und mit irgendwelchen Propellern. Mit halben Geschlechtsteilen, bisexuell, asexuell. Ohne Stimme und mit Gehör. Mit Stimme und Gehör. Mit Gehör und ohne Verstand. Mit Verstand und ohne Schwanz … Die Welt ist ein einziges kosmogeiles Panoptikum voller Spinner, das kannst du mir glauben! Und mein mutiertes Bruderherz ist mitten dabei. Warte ab, du wirst noch weltberühmt …«

Solche und ähnliche Monologe fand Greg unterhaltsam. Dann und wann kamen auch die Eltern. Frau Hansen neuerdings wieder mit Bachblüten und vielen lieb gemeinten Worten:

»Ich soll dir einen Spezialgruß von Paul-Opi bestellen. Er ist sehr schwach drauf und muss liegen. Ich mach mir große Sorgen um ihn, auch wenn er selber so gelassen ist wie nie. Das mit dir nimmt er so selbstverständlich, als handle es sich grad mal um eine Grippe. Hörst du, was ich dir erzähle?«

Greg zeigte weder Zustimmung noch Ablehnung. Es war angenehm, Mas Stimme zu hören – das reichte.

»Ich möchte, dass es ihm gut geht und dass es dir gut geht. Es ist vielleicht kein Zufall, wenn ihr beide gerade in dieser Verfassung seid – ihr hattet ja schon immer einen besonderen Draht zueinander. Ich weiß, ihr Männer wollt fast alle davon nichts wissen. Aber irgendwie versuche ich das alles als eine Art Fügung zu nehmen. Ich lese viel über Transformationen, Wiedergeburten und solche Phänomene. Ich glaube daran und ich versuche mich mit allen meinen Kräften auf dich einzustimmen und deine Schwingungen aufzunehmen. Ich schicke dir Tag und Nacht positive Energie und ich bin zutiefst überzeugt, dass alles ein glückliches Ende nimmt …«

Gut, dass Pa jetzt nicht zuhört, dachte Greg in seinem Nebel-Kokon und er hatte das dringende Bedürfnis, wieder allein zu sein …

Herr Hansen kam dann auch, hielt aber weiten Abstand von der Raupe.

»Liebe Grüße und gute Besserung von Sara Auster soll ich dir bestellen.«

Greg lag mit eingezogenem Kopf unter seinem Schreibtisch.

Sara!

Er sog jedes Wort in sich ein und sofort befielen ihn diese Wallungen, die er schon kannte.

»Sie würde gern einen Krankenbesuch bei dem Jungen machen, den sie an der Haltestelle kennengelernt hat. Das hab ich aus nachvollziehbaren Gründen abgebogen. Aber mit wem red ich hier eigent…«

Mitten im Satz brach Herr Hansen ab, blickte auf die Raupe und schüttelte den Kopf.

»Nein, so geht das nicht …«

Eine halbe Stunde später erschien Herr Hansen ein zweites Mal – nun mit Begleitung. Seine Stimme war unnatürlich erregt:

»Das ist sie!« Er zeigte mit dem Finger auf Greg.

»Durchaus markant, nicht gerade unattraktiv«, kam es zurück.

»Frisst gewöhnlich von morgens bis abends, nachts am meisten.«

»Daraus könnte man was machen. Über die Fotos kommt das überhaupt nicht rüber.«

»Zur Zeit hat sie ihre introvertierte Phase. Vielleicht eine Reaktion auf den Trubel in letzter Zeit.«

»Menschenähnliche Emotionen sind immer sympathiefördernd. Die Kunden wollen sich unterbewusst selber in dem Tier wiederfinden.«

»Und ihr tut's möglicherweise auch gut, denk ich.«

Was, bitte, findet hier statt?, überlegte Greg krampfhaft. Das klingt ja wie ein Verkaufsgespräch. Trotz seiner Bewusstseinstrübung erkannte er die Stimme seines Vaters. Aber die andere? Selten fremd und unsympathisch. Zum Kotzen eigentlich.

»Können Sie sie bitte mal zu ein paar Regungen animieren, Herr Hansen? Je vitaler und origineller, desto vielfältiger sind unsere Marktchancen. Wenn wir sowohl die Kinder als auch die Jugend ansprechen könnten und dann auch noch die Erwachsenen – dann wär's optimal. Dann fressen uns und ihr die Kunden sozusagen aus der Hand, hahaha.«

Herr Hansen näherte sich vorsichtig dem Schreibtisch. Er schien zu ahnen, dass dieser Auftritt für Greg nicht der angenehmste war.

»Möchtest du was fressen, Gregor?«

Du bist nicht da, ich bin nicht da und dieser andere Typ schon gar nicht!, pulste es in Greg und er war entschlossen, tot zu sein … raupentot. Aber die Schutzhaare und das rote Hörnchen führten quasi ein Eigenleben und sein Vater schreckte zurück.

»Tut mir Leid, Herr van Kock«, sagte Herr Hansen verlegen. »Momentan will er nicht. Der Gestank gehört dazu. Wie noch einige andere anale und orale Besonderheiten.«

»Können wir alles benutzen. Der Kunde will es heutzutage deftig gewürzt. Es gibt auf dem Markt fast keine Tabus mehr. Und das müssen und dürfen wir schamlos ausnutzen. Sie verstehen mich?«

»Aber ohne Gewalt und alles im Rahmen des Tierschutzes. Ich will keinen Ärger mit den Verbänden. Und unter uns gesagt, Herr van Kock: Bei allem Stress und Ärger – irgendwie hänge ich an dem Tier. Und meine Frau übrigens nicht minder.«

»Herr Hansen, Sie verhandeln mit einem Profi, der auch Mensch ist. Wenn wir ins Geschäft kommen, sind Sie bei uns bestens aufgehoben. Es wird selbstverständlich eine tierpsychologische Betreuung geben. Wir halten uns auch sonst an alle Konventionen und Gepflogenheiten, die in diesem Marketingbereich üblich sind. Dem Tier soll es gut gehen, Ihnen und mir selbstverständlich auch. Alles Weitere in meiner Agentur. Einverstanden, lieber Herr Hansen?«

»Okay.«

»Ich werde Ihnen binnen Kurzem ein komplett ausgearbeitetes Marketingkonzept vorlegen. Dazu kommt ein spezielles Strategiepapier für den Umgang mit den Medien. Und natürlich unser Vertrag mit allen Finanz- und Beteiligungsklauseln. Ich denke, wir werden alle miteinander sehr glücklich werden, lieber Herr Hansen. So eine Chance bietet sich gewöhnlich nur einmal im Leben.«

»Eine letzte Frage, Herr van Kock: Ist Ihnen ein gewisser Professor Markstein bekannt? Leiter des Gentechnischen Instituts? Angeblich eine Koryphäe auf seinem Gebiet.«

»Ich kenne ihn dem Namen nach. Er hat international einen sehr guten Ruf. Aber ich würde die Finger davon lassen. Er würde nur unsere Pläne stören und uns ins Gehege kommen. Exklusivvertrag oder kein Vertrag, das ist mein Konzept.«

»Verstehe. Ich kenne das aus meiner Branche.«

Die beiden Stimmen verloren sich irgendwo im Nichts, während Greg gleichzeitig die Kontrolle über sich verlor. Die Haut war zum Bersten gespannt. Der Körper wurde von vorn bis hinten erst langsam und dann immer intensiver von Zuckungen durchströmt. Ein Schmerz, ein befreiender Schmerz lief über die Außenhaut. Und dann war es wie ein Zerreißen, bevor Greg endgültig in einen tiefen Erschöpfungsschlaf fiel.

Das Aufwachen aus den tiefsten Tiefen dieses Schlafs war für Greg wie eine Wiedergeburt. Er streckte sich, er räkelte sich und er hatte Lust, etwas zu unternehmen. Er fühlte sich größer und gestärkt und natürlich hatte er wieder gigantischen Hunger.

»Helen, Thomas, kommt rauf, schnell! Hier könnt ihr den leibhaftigen biologischen Wahnsinn besichtigen.«

Es war Ben, der Greg als Erster bestaunte.

»Junge, du machst dich! Du wirst immer attraktiver.«

Greg hörte, wie seine Eltern ins Zimmer kamen.

»Guckt mal das Grün und das Gelb!«, sagte Ben. Den muss man echt im Fernsehen auftreten lassen. Das ist Mimikry vom Feinsten, so könnte er bei den Brasilianern in der Nationalelf spielen …«

Greg hatte sich längst über seine vegetarische Mahlzeit hergemacht. Und während er kaute und kaute, genoss er die Worte von Ben – das brüderliche Lob tat ihm gut.

Ganz anders das dauerhafte Schweigen der Eltern. Es verunsicherte Greg. Was hatten sie vor? Von früher kannte er solche Stimmungen. Sie waren immer ein sicheres Anzeichen für überraschende und zumeist auch dramatische Veränderungen.

»Die alte Haut gehört mir. Die häng ich mir als Erinnerung in meinem Zimmer auf. Okay?«

Keine Reaktion. Nichts als Schweigen.

Als Erinnerung?

Greg unterbrach seine Mahlzeit. Er hatte das Bedürfnis, sich aufzurichten und dorthin zu gucken, wo er seine Eltern als dunkle Schemen stehen sah.

»Hör bitte auf zu weinen!«

Kaum hatte Herr Hansen das letzte Wort ausgesprochen, schluchzte Frau Hansen laut auf.

»Ma …«

Sogar Ben sah sich veranlasst zu trösten.

»Es wird zu seinem Besten sein. Du kannst ihn jederzeit besuchen. Er ist ultragut versorgt und es wird ihm garantiert Spaß machen. Ich kenn doch den Typen. Nach außen klein und schüchtern, aber heimlich ein Genießer …«

»Wir können das nicht verantworten. Vielleicht braucht er sein Zuhause. Keiner kann in ihn reingucken.«

»Er kann jederzeit zurück.«

»Wer soll denn diesen Stress hier weiter durchziehen? Tonnenweise Grünzeug. Kiloweise Exkremente. Zwischendurch seine Anfälle. Paul schwer krank. Tag und Nacht sensationsgeile Schnüffler rund ums Haus, die einem jede Intimsphäre rauben. Heute allein fünfzig Anrufe! Von den Faxen, den E-Mails und der normalen Post nicht zu reden.«

»Hör auf, hör bitte auf!«, schluchzte Frau Hansen.

»Denk bitte an uns alle! Ben sollte eigentlich dieses Jahr seine mittlere Reife machen. Du wolltest in deinen neuen Beruf einsteigen. Und ich hatte, wenn ich mich recht erinnere, auch einen Job, mit dem ich Geld verdienen soll, oder?«

»Bitte, Thomas, es geht um was anderes …«

»Dann sag's, Ma, und schluck's nicht runter!«, mischte sich Ben wieder ein.

»Ich will nicht, dass wir was falsch machen. Er ist nach wie vor mein Kind. So empfinde ich es wenigstens.«

»Eltern machen immer was falsch, Ma. Jetzt lass den Kleinen endlich in Ruhe futtern, damit er Kraft für seinen Auftritt tanken kann.«

Auftritt?

Greg war das zu viel und er war froh, als er wieder seine Ruhe hatte: Die weinende Mutter war schon immer schwer zu verkraften gewesen. Und mit dem dauergestressten Vater war noch weniger anzufangen.

Am nächsten Morgen war es so weit. Man musste ihm nichts erzählen oder erklären – Greg wusste auch so, dass der Abschied von zu Hause bevorstand.

In der Nacht, als alle schliefen – oder jedenfalls so taten, war er noch mal treppab und treppauf geraupt: Es war langweilig und es war beengend. Vor allem seit seiner letzten Häutung juckte es ihn im ganzen Körper, etwas total Neues kennenzulernen.

Hauptsache raus aus dieser langweiligen Bude! Endlich andere Gerüche, andere Stimmen, andere Gedanken ... Weg von dem ständigen Genörgel über zu viel Stress und zu viel Hektik. Und auch weg von Großvater Paul.

Wieso auch von dem?, fragte sich Greg. Doch die Antwort kannte er eigentlich schon: Ich will ihn nicht so krank sehen. Ich will ihn in Erinnerung behalten, wie er noch fit und munter war.

Anders war es mit dem Abschied von Sara.

Nur zu gern hätte Greg noch einmal einen Ausflug zum Auster-Haus gemacht. Die eine oder andere Idee, den kläffenden Idefix auszuschalten, war ihm schon gekommen. Aber eine dunkle Ahnung ließ Greg diesen Plan vergessen. Es kommt immer anders, als man denkt. Wer hatte das noch mal gesagt? Egal. Der Spruch bewahrheitete sich prompt beim Abschied von Ben:

»Komm mal in mein Zimmer! Ich hab was für dich«, lockte der Bruder ihn über die Schwelle, die er sonst nie übertreten durfte. Er hielt Greg eine geöffnete Tüte voll mit Riesengummibärchen entgegen.

»Aber es wird nicht geschissen hier drin, verstehst du, Freund? Hier, damit du mich nicht so übel in Erinnerung behältst! Werd mich inzwischen um Sara kümmern, damit sie nicht so traurig ist.«

Scheiße! Plopp!

Greg hatte es nicht gewollt. Aber dieser letzte Satz ließ alles wieder hochkommen: Den Stick. Die Eifersucht. Das schlechte Gewissen. Das Auskotzen ...

»Sag mal, was seh ich denn da?!«

Erst jetzt entdeckte Ben den schwarzen Auswurf.

»Wird Zeit, dass man dir Manieren beibringt. Los, raus hier, bevor ich die Krätze krieg!«

Greg verzog sich freiwillig.

Ihr werdet euch alle noch wundern!, dachte er und spürte so etwas wie Lampenfieber …

Wie zutreffend sein Vorgefühl war, erwies sich kurz darauf. Ohne dass ihn jemand dazu aufgefordert hätte, hatte sich Greg im Flur, hinter der Haustür niedergelassen. Der Lärm dort, das Stimmengewirr draußen vor dem Haus war inzwischen nichts Neues mehr. Das grelle, gleißende Licht jedoch, das durchs Glas schien, verwirrte die Raupe.

»Muss dieser Rummel sein?«, hörte er die genervte Stimme seiner Mutter.

»Wir leben im Medienzeitalter, Helen. So was lassen sich Presse und Fernsehen nicht entgehen. Es ist gleich überstanden.«

Das Handy von Herrn Hansen piepste und eine sympathische Frauenstimme meldete:

»Wir sind so weit. Glauben Sie, dass unser Star mitmacht?«

»Moment bitte!« Herr Hansen beugte sich zu Greg hinunter:

»Ich glaub, du freust dich, wenn wir einen Ausflug zusammen machen. Vor den Leuten da draußen brauchst du dich nicht zu erschrecken. So ein Weltwunder wie dich möchte natürlich jeder sehen. Verstehst du mich?«

Quatsch! Quatsch! Quatsch!

»Lass ihn endlich raus!«, schaltete sich Ben ein. »Ich glaub, der findet das tierisch geil.«

Die Tür wurde geöffnet. Greg war geblendet. Es klickte und klackte und ein paar Leute klatschten Beifall.

Die freundliche Stimme vom Handy kam Greg ganz nah:

»Komm, du wunderschönes Exemplar. Wir haben eine tolle Überraschung für dich.«

Interessanterweise war es nicht der knackfrische Salat, dem Greg gerne folgte, sondern der Geruch dieses jungen weiblichen Wesens. Irgendwas erinnerte ihn an Sara. Irgendwas lockte in ein Abenteuer, das sich Greg noch nicht ausmalen konnte.

»Vorsicht, ganz vorsichtig hier die Rampe rauf und dann einfach auf die Ladefläche«, lockte die Stimme. »Wir haben dir extra einen grünen Teppich ausgebreitet.«

Und eine andere, ebenfalls weibliche, aber längst nicht so sympathische Stimme redete Verwirrendes:

»Und nun, meine lieben Zuschauer, ist es so weit. Exklusiv und erstmalig live, in ihrer ganzen Pracht und Einmaligkeit, zahm und folgsam: die Wunderraupe, die uns seit Tagen in Atem hält ... das erste Lebewesen dieser Art weltweit ... nicht geklont und nicht gedoubelt ... jetzt auf dem Weg ins Studio ... wir werden sie keine Sekunde aus den Augen lassen ... jeder Schritt wird für Sie zu Hause dokumentiert ... schalten Sie nicht ab ... nach einer kurzen Werbepause sind wir wieder live für Sie da.«

Was ist hier los? Wo bin ich hingeraten?

Greg war aufgeregt. Greg war verwirrt. Er war aber auch ein wenig stolz, plötzlich so im Mittelpunkt zu stehen. Seit langem mal wieder tat er jeden seiner Schritte ganz bewusst: hinterstes Beinpaar, nächstes Paar, nächstes und das Ganze bis nach vorn! Zusammenziehen und strecken ...

»So ist es gut, Greggy. Jetzt machen wir einen kurzen Trip mit diesem Transporter und dann wartet auf dich ein wahres Raupen-Paradies.«

Erneut Beifall. Eine Tür wurde geschlossen. Der Motor sprang an und Greg wurde durch die nächste Stimme verwirrt.

»Stopp!«, kam es im Befehlston. »Stellen Sie den Motor sofort ab und öffnen Sie das Fahrzeug. Das Tier ist konfisziert. Wir sind behördlich befugt, diese Kreatur einer Spezialuntersuchung zu unterziehen.«

Stimmen wie aus einem Krimi!, dachte Greg und wollte an dem Ganzen nicht teilhaben. Der Fresstrieb hatte ihn mal wieder erfasst und dem musste er folgen. Das weibliche Wesen neben ihm schien größtes Verständnis dafür zu haben, denn es hielt ihm die Salatblätter direkt vor seine leise knarzenden Beißwerkzeuge.

Draußen gab es inzwischen heftige Auseinandersetzungen. Die Live-Reporterin war wieder auf Sendung. Herr Hansen war vors Haus gekommen und zwei Männer in Zivil hielten ihm ein Papier vor die Nase.

»Wir müssen dieses Tier beschlagnahmen. Es gefährdet die öffentliche Sicherheit. Bis zu einer endgültigen Untersuchung muss es im Gen-Institut unter behördlicher Aufsicht und Kontrolle bleiben.«

»Meine Herren, Sie irren und ich bitte Sie, umgehend Platz zu machen! Dies hier ist mein Privatgrund. Das Tier da drin ist mein, ist unser Privatbesitz.«

»Privatbesitz?«, kam es zurück. »Sind sie Raupen-Züchter?«

»Es ist sozusagen mein, unser Kind. Nennen Sie es, wie Sie wollen – Sie lassen jedenfalls die Finger davon!«

»Herr Thomas Hansen?«

»Jawohl, meine Herren. Alles Weitere über meinen Rechtsanwalt. Der wohnt da drüben. Ich kann Ihnen gern Telefonnummer und Adresse seiner Kanzlei geben.«

»Meine lieben Zuschauer! Das ist Live-Fernsehen, TV live. Das ist Reality-TV, wie es kein Drehbuch vorausplanen kann! Wir versichern Ihnen, dass es Greggy da drinnen bestens geht. Lissy, unsere qualifizierte Tierpsychologin, kümmert sich um unsere Riesenwunderraupe, die solche Aufregungen gewiss gern in Kauf nimmt. Sie werden sicher genauso wie ich neugierig sein, was inzwischen im Studio vorgeht und ob die Vorbereitungen in unserem Greggy-Park inzwischen abgeschlossen sind. Das Greggy-Studio bitte melden!«

Träum ich oder ist das Realität?

Greg fühlte sich zwar im Augenblick vorrangig für seinen riesigen Magen zuständig. Doch so ganz ausblenden konnte er den Medienzirkus um sich herum nicht.

»Nimm's ganz locker, gleich geht's los«, redete Lissys Stimme beruhigend auf ihn ein.

Und in der Tat – nach einigem Hin und Her und deutlichen Worten von Herrn Hansen setzte sich das Fahrzeug doch noch in Bewegung.

Sein Zeitgefühl funktionierte nicht und eigentlich war es Greg auch egal: Irgendwann hielt das Fahrzeug und die Show nahm ihren Lauf:

»Liebe Kids, liebe Zuschauer, jung und alt! Wir wissen, dass ihr seit Tagen auf diesen Moment wartet. Nun ist es endlich so weit: Greggy ist bei uns! Nach langen und schwierigen Verhandlungen können wir euch live und exklusiv diese Sensation präsentieren. Hautnah und prickelnd, ein biologisches Rätsel noch – die Wunderraupe auf dem Weg direkt in unser Greggy-Spezialstudio! Lasst euch überraschen, nach ein paar interessanten Spots für alle, die ihr Leben etwas versüßen und verknabbern wollen, sind wir wieder auf Sendung.

Versüßen und verknabbern?

»Komm, mein Süßer! Lass dich von dem Rummel nicht irritieren. Drinnen erwartet dich eine echte Überraschung. So gut ist es dir garantiert noch nie gegangen. Ich hab alles geprüft und verspreche dir ein wahres Raupenparadies!«

Greg lauschte der Stimme und sog den Geruch dieser Lissy ein. Nichts und niemand – außer Sara – hatte ihn bisher so betört. Wie alt mochte sie sein? Fünfundzwanzig oder zwanzig? Oder ...?

Wieso fühlte er sich so beschützt und so wohl bei dieser Person? Während er die Rampe hinunterkrabbelte, bedauerte Greg zum ersten Mal seit Langem, mit seinen Augen nicht klar und deutlich erkennen zu können, wem er folgte ...

»Hallo, Freunde, jeden Moment ist es so weit! Greggy naht, gleich wird er unser Studio betreten. Alles ist für ihn hergerichtet. An nichts wird es ihm fehlen. Wie ihr seht: Auslauf, wie ihn kein Zoo zu bieten hätte. Spielzeug, bunt und attraktiv, für jede Laune und Stimmung unseres Freundes geeignet. Natürlich Futter vom Feinsten und Besten. Und immer dabei, zu seiner liebevollen Betreuung, unsere Tierspezialistin und -psychologin Lissy. Willkommen im ... Greggy-Park!!«

Es war scheinwerferhell. Es war angenehm warm. Und es roch seltsam. Greggy ging den Weg, der ihm vorbestimmt war: Vor ihm ein wahrlich riesiger Raum, der mit echten Bäumen und Büschen, mit Pappmaché-Hügeln, Felsbrocken und Steinen und allem möglichen Krimskrams ausgestattet war. Einiges davon konnte Greg mit seinen Weitwinkelaugen schemenhaft erkennen. Manches hatte einen angenehmen und von irgendwoher vertrauten Geruch. Anderes roch penetrant künstlich oder soeben erst angestrichen.

»Willkommen, Greggy, in unserer Sendung, in unserem Live-Kanal! Willkommen in deinem Paradies! Mein Name ist Gitti und ich übergebe an Lissy, unsere Tierexpertin und persönliche Betreuerin von Greggy.«

»Hallo Kids, hallo Freunde draußen an den Bildschirmen! Ich muss euch zunächst sagen: Ich bin aufgeregt, sehr aufgeregt. Und ich spüre: Unserem Greggy geht es nicht anders. Wir beide stehen zum ersten Mal vor so vielen Kameras, vor so vielen Mikrofonen. So einen Auftritt wünscht sich natürlich jeder und ich kann euch versichern, dass auch Greggy diesen wunderbaren Empfang genießt.«

Plopp!

Greg war es peinlich, dass er sich ausgerechnet jetzt erleichtert hatte. Die vielen gleichzeitigen Sinneseindrücke machten ihn fast schwindelig und das ständige Greggy-Gerede ging ihm auf den Nerv.

»Ihr seht, unser vielbeiniger und wunderschöner Freund hat bereits seine erste Marke gesetzt. Er scheint sich wohlzufühlen hier. Oder, Greggy?«

Greg fühlte sich direkt angesprochen und er überlegte kurz, ob ein Rülpser die angemessene Antwort sei. Aber stattdessen schaute er sich nach einem geschützen Ort um, weil er Hunger hatte und aus dem grellen Licht raus wollte.

»Ja, wie ihr seht: So einfach ist das mit einem Interview nicht. Greggy hat einen ausgeprägten eigenen Willen und den müssen wir respektieren. Wir sollten ihm Zeit lassen, sich in seinem neuen Zuhause einzurichten, alles kennenzulernen …«

In seinem neuen Zuhause?

Was wird da eigentlich alles gefaselt? Wer bestimmt eigentlich, wozu ich Lust hab?

Bevor Greg Antworten gefunden hatte, entdeckte er etwas anderes: knackfrischen Salat an einem schattigen Plätzchen …

»Hallo Freunde, hallo Fans!«, meldete sich die aufgeregte Moderatorin Gitti wieder zu Wort. »Wir sollten unserem Greggy jetzt ein bisschen Ruhe gönnen. Unsere Kameras sind trotzdem immer dabei, damit ihr nichts verpasst. Inzwischen habt ihr Gelegenheit, Fragen, Meinungen und Wünsche zu äußern. Ihr erreicht uns über Telefon und E-Mail. Natürlich findet ihr uns auch ab sofort auf Facebook und das Wichtigste und Neueste über Greggy gibt's auch auf unserer Homepage – ihr seht alle Infos eingeblendet. Und nach einer kurzen Werbepause sind wir wieder da – mit dem Super-Greggy-Gewinnspiel … mit megageilen Preisen und natürlich der Möglichkeit, uns hier im Studio zu besuchen … Ciao, tschüss, servus, ade … bis gleich!«

Greg hatte sich den Bauch vollgeschlagen und war erschöpft. Er hatte das dringende Bedürfnis nach einem raupigen Nickerchen. Oben auf einem der Studiobäume, wo ihn niemand stören konnte. Den Kopf eingezogen, damit er vor dem Scheinwerferlicht geschützt war. Und eingerollt, weil das seiner Raupenseele wohl tat.

Als Greg wieder erwachte, war es mitten in der Nacht. In der Studiohalle war es still. Die Scheinwerfer waren zum Teil ausgeschaltet. Von der nervigen Moderatorin und auch von Lissy war nichts zu bemerken. Dennoch fühlte sich Greg irgendwie beobachtet. Egal, ob er, um munter zu werden, erst mal einige Turn- und Kletterübungen auf seinem Schlafbaum absolvierte oder ob er zwischen den Büschen nach Fressbarem suchte – immer schien ihn ein Auge zu verfolgen.

Automatische Kameras!, tickerte es plötzlich in Gregs Gehirn.

Wie damit umgehen?

Einfach ignorieren!, beschloss Greg. Hauptsache, ich kann mich endlich mal frei bewegen: Vor allem die Ausflüge an den hohen Studiowänden und zwischen dem Scheinwerfergestänge machten Spaß. Und die dicken Kotkugeln, die Greg von Zeit zu Zeit von da oben fallen ließ, machten ein herrlich ploppig-plumpsiges Geräusch – so ist das eben, wenn man Tier ist, dachte Greg und er fühlte sich gut.

Erst nach vielen Stunden erwachte das Studio zu neuem Leben. Als Erste erschien Lissy. Greg erkannte sie an ihrem Gang, dann an ihrem Geruch. Sie blieb in einiger Entfernung stehen und Greg fühlte sich jetzt von zwei Augen beobachtet.

Verlegen! Wieso werde ich verlegen?

Erinnerungen kamen hoch, aber Greg wollte mit diesen Gefühlen nichts mehr zu tun haben. Ich werde sie einfach begrüßen, beschloss er und krabbelte auf sie zu.

»Nun, mein großer Fernsehstar! Wie fühlst du dich in deinem Paradies? Irgendwelche Beschwerden? Fit für den nächsten Auftritt?«

Greg gefiel es, so freundlich behandelt zu werden. Und er bedauerte, nicht mit einem lockeren Spruch antworten zu können. Und dann tat Lissy etwas, was Greg erst erschreckte, ihm dann aber großes Wohlbehagen bereitete: Sie streichelte ihm über den Kopf – sehr zart, sehr weich, sehr liebevoll …

Nicht aufhören!, versuchte er zu signalisieren, aber ausgerechnet jetzt wurde es munter im Studio.

»Guckt mal, unser Monster!«

»Handzahm, der neue Shooting Star!«

»Ich hab noch nie so was Süßes gesehen …«

Greg merkte genau, wie Lissy mit einer Geste die Filmcrew zum Schweigen brachte.

Scheinwerfer gingen an. Gewisse Exkremente wurden entfernt. Aufforderungen zum Mikrofon- und Kameracheck ertönten über Lautsprecher. Regieanweisungen irgendwo von oben. Reqisiten wurden zurechtgerückt und es dauerte nicht lang, bis die junge nervige Stimme vom Vortag das Kommando übernahm:

»Hi, ihr Süßen, alle gut drauf? Wie geht's unserem Original? Ich seh schon, er ist in bester Obhut. Also, fangen wir an!«

»Wir gehen gleich auf Sendung!«, hallte es durch das Studio und Greg spürte plötzlich wieder Lampenfieber. Er wollte gerade den Kopf einziehen, als Lissy flüsterte:

»Nichts Schlimmes, die Leute wollen nur wissen, ob es dir gut geht. Am besten, du futterst gleich los, wenn man dir was gibt!«

Hunger. Riesenhunger. Mordshunger.

Nun fiel Greg ein, dass er irgendwann in der Nacht vergeblich nach etwas Frischem gesucht hatte und danach vor Erschöpfung eingeschlafen war.

»Kameras ab!«

»Hallo Kids, die ihr extra die Schule schwänzt! Hallo alle, Groß und Klein! Seid gegrüßt im Greggy-Paradies, live und exklusiv nur auf unserem Kanal. Greggy wünscht euch einen guten Morgen. Lissy, seine Betreuerin, hat bestens für ihn gesorgt. Greg ist putzmunter und bester Laune. Natürlich wartet er auf sein Frühstück und ihr dürft live dabei sein!«

Ein männliches Wesen mit Verkäuferlächeln, Gemüsekorb und zwei bunten Packungen in der Hand betrat mit beschwingtem Gang das Studio und steuerte direkt auf Greg zu.

»Viele von euch haben schon angerufen und gemailt. Grüße übermittelt, Fragen gestellt und Besuchswünsche geäußert. Gleich nach dem Frühstück schalten wir ins Zuschauerstudio und ihr werdet live zugeschaltet. Alles topaktuell, live und ohne Schnitt – nur bei uns:

mit Greggy, unserem einmaligen Wunderwesen! Und nun wünschen wir erst mal: Guten Appetit!«

»Ja, ihr Lieben«, schaltete sich das männliche Verkaufswesen ein. »Auch ich wünsche unserem Studiobewohner besten Appetit. Das Feinste vom Feinsten, Salat und Gemüse aus deutschen Landen, frisch auf den … na, ihr wisst schon wohin! Aber vorher gibt's was, das allen unseren Lieblingen zu Hause gut tut und bei keinem Frühstück fehlen sollte: *Medi-Vital!* Und damit unsere Hausfreunde und –freundinnen auch danach keine Probleme bekommen, schenken wir ihnen nach jeder Mahlzeit ein *Mega-Vital* – garantiert mit nur pflanzlichen Wirkstoffen, laborgetestet und international bewährt.

Rülps!

Der Lächler schreckte zurück und Lissy musste grinsen.

»So sind sie, unsere Lieblinge! Eigenwillig und unberechenbar. Vielleicht fangen wir lieber mit dem Salat an und …«

Gitti, die Moderatorin, übernahm das Wort:

»Und jetzt schalten wir schnell in unser Zuschauerstudio! Aber zuvor: ein paar wichtige Tipps für den Tag! Nicht verpassen, nicht vergessen, denn alles wird hier präsentiert von unserem Liebling der Nation, Greggy, der Riesenraupe!«

»Halt! Stopp! So geht das nicht! Das ist dilettantisch! Das ist keine Verkaufsförderung, sondern Verkaufsverhinderung!«

Diese Stimme! Das ist doch van Kock … unverkennbar dieser komische van Kock!

Greg war das Gequatsche schon vorher sozusagen aufs Hörnchen gegangen: Ohne dass er es kontrollieren konnte, hatte dieser kleine rote Auswuchs etwas von seinem eigenartigen giftigen Geruch abgegeben.

»Komm, mein Süßer! Das ist wohl alles ein wenig stressig für dich. Da hinten ist ein stiller Futterplatz. Lass dir erst mal das Grünzeug schmecken …«

Greg folgte. Ihm war heiß und schwindelig und vor allem hatte er Hunger, großen Hunger.

»Ich glaub, wir müssen ihn etwas schonen. Er muss sich erst an sein neues Zuhause gewöhnen.«

Nur diese Worte von Lissy hatte Greg noch hören wollen. Für alles andere stellte er sich in den nächsten Stunden taub.

Er fraß, fraß und ploppte.

Er robbte durch das Grün, was sich leider zum Teil als künstlich herausstellte. Und schließlich zog er den Kopf ein und war nur noch Körper. Ohne Denken. Ohne Vergangenheit und ohne Zukunft.

»Uiii, ist der süß!«

»Guck mal, die schönen Farben!«

»Darf man ihn anfassen?«

Greg wurde in die Gegenwart zurückgeholt, weil es im Studio wie im Zoo oder im Zirkus zuging. Dutzende von Kindern wuselten um ihn herum und staunten um die Wette.

»Bitte nicht zu nah, Kids! Genug Abstand halten! Und nicht ganz so laut! Greggy ist zwar Vegetarier, also Pflanzenfresser, und zahm, aber man weiß nie …«

Sehr richtig!, dachte Greg, fuhr den Kopf aus, entrollte und streckte sich.

Gekreische und Gerenne.

»Hallo, Greggy-Fans hier im Studio und an den Bildschirmen! Darauf haben wir gewartet, darauf haben wir uns gefreut: Unsere Wunderraupe wird munter. Lassen wir uns überraschen, was sie nach ihrem langen Nickerchen vorhat. Wir sind wieder live und exklusiv dabei. Schaltet nicht ab! Nach ein paar wichtigen Infos zu unserem Gewinnspiel und zu unseren neuesten und brandaktuellsten Greggy-Produkten sind wir wieder hier im Greggy-Paradies … mit vielen Studiogästen und immer neuen Überraschungen!«

Die könnt ihr haben!, dachte Greg und machte sich auf den Weg in Richtung Moderatorin. Ich finde ihre Stimme ätzend und sie quatscht zu viel Schwachsinn. Das muss ich ihr jetzt sofort und dringend verklickern!

Und zur Begeisterung der Kinder kroch er zielstrebig und beachtlich schnell hinter dem Parfüm von Gitti her.

»Seht ihr, Kids! Unserem Greggy geht es bestens. Er hat in seinem Paradies alles, was er braucht. Alle lieben ihn. Alle verwöhnen ihn. Und alle freuen sich über seine Einfälle.«

Wieder Gejohle und Gerenne. Nun wollte Greg es genau wissen. Obwohl er spürte, dass sich die Moderatorin in ihrer Haut nicht mehr so wohl fühlte und obwohl er auch das Parfüm zum Kotzen fand, rückte er hautnah an sie heran …

»Was will er jetzt, unser Greggy? So viel Nähe hat er noch nie gesucht. Hilfe, was hast du vor, Raupe?!«

Dich fressen!, hätte Greg gern ins nächste Mikrofon gesagt. Und unter dem Gekreische der Studiogäste richtete er seine Vorderglieder auf, fand irgendwie Halt an dem knallbunten Plastikfetzen, den Gitti trug und versuchte an ihr hochzuklettern.

»Hilfe, Lissy! Das geht zu weit! Ich krieg Angst!«

»Komm, Greggy, komm! Nicht mit unserer lieben Moderatorin rumflirten, die ist schon vergeben. Hier ist was Leckeres zum Futtern für dich …«

Plopp!

Als Abschiedsgeschenk ließ Greg eine große, schwarze, glänzende Kugel direkt vor Gittis Füße plumpsen.

»Iiiiiih!«

»Der kann ja richtig kacken!«

»Guck mal, wie der sein Gesicht verzieht!«

Greg war zufrieden: Wenn schon Fernsehstar, dann richtig! Mit Wonne nahm er etwas von dem frischen Grün, ließ die nervige Gitti stehen und kletterte auf einen der Bäume.

»Ja, das ist Reality-TV live!«, meldete sich die Moderatorin hörbar verschüchtert wieder zu Wort. Habt Spaß an den Kunststücken von Greggy. Fünf Kameras halten alles fest, was er uns zu bieten hat. Und für heute Abend kündige ich euch schon mal ein Greggy-Special an. Die große Samstagabend-Show – mit viel Spiel, viel Musik und vielen Studiogästen. Bleibt bei uns, schaltet nicht ab, ihr werdet es nicht bereuen.«

Greg war froh, als im Studio endlich wieder Ruhe herrschte. Die Kinder hatte man mit einem Greggy-Spezial-Geschenke-Set nach Hause geschickt. Die Moderatorin hatte in einer Studioecke aufgeregt mit Lissy geflüstert und Greg hatte jedes Wort vernommen:

»Ich trau dem Tier nicht mehr. Ich glaub, es hat was gegen mich.«

»Ich halte es für harmlos«, entgegnete Lissy. »Aber die Verantwortung haben andere übernommen. Etwas weniger Stress täte ihm sicher gut. Er ist nachtaktiv und den ganzen Tag Kameras – das würde von uns auch keiner aushalten, oder?«

»Sag das dem Regisseur und der Geschäftsführung. Die ziehen das Ding konsequent durch. So eine Chance kriegen die garantiert nie wieder, um den Sender aus den roten Zahlen zu bekommen.«

»Mir tut er inzwischen schon Leid, der Kleine. Er ist sensibler, als wir alle annehmen. Manchmal geht was von ihm aus, was mich total unsicher macht. Das hat mit einem normalen Tier nichts zu tun. Verstehst du, was ich meine?«

»Nein«, antwortete die Moderatorin. »Ich brauch jetzt erst mal was für meine Nerven.«

Ich auch!, dachte Greg und machte sich über das Grünzeug her. In seinem Bauch war wie fast immer dieses ungeheure Leeregefühl und zugleich noch ein anderes: Irgendwas sehr Außergewöhnliches steht bevor. Ich muss viel essen, damit ich damit klarkomme. Mein Leben wird immer spannender und ich hab auch nichts, überhaupt nichts dagegen …

Gregs Vorahnung sollte sich bald bewahrheiten. Schon am frühen Abend begann man im Studio umzubauen. Sitzmobiliar wurde hereingetragen. Eine Bühne für Musiker wurde aufgebaut. Stellwände mit überdimensionalen Raupenfotos wurden errichtet. Zu allem drapierten Bühnenarbeiter üppige Blumenbouquets und nicht zu übersehende Werbetafeln für zig Greggy-Produkte, die demnächst alle im Handel erhältlich sein würden.

Greg wollte mit dem ganzen Trubel nichts zu tun haben. Er genoss seine Verdauungsspaziergänge an den Studiowänden und über die Dekorationsteile. Dabei stellte er fest: Die meisten Studioleute hielten neuerdings einen auffällig großen Sicherheitsabstand. Offensichtlich hatte ihm die Spezialbegrüßung dieser nervigen Gitti Respekt verschafft.

Und dann war es so weit. Lissy suchte Gregs Nähe. Sie setzte sich vor ihn und tat etwas, was Greg sonst nur mit seiner Mutter erlebt hatte. Lissy guckte ihn nur an – lange und anhaltend. Sie nahm stumm und voller Konzentration Kontakt mit ihm auf, dem Greg sich kaum entziehen konnte. Erst nach langem Schweigen begann sie, freundlich auf ihn einzureden:

»Hör mal zu, mein liebes Tier. Ich weiß ja, dass du Menschen magst und eigentlich gern mit ihnen zusammen bist, oder?«

Kommt drauf an, wann und mit wem, hätte Greg gerne gesagt.

Lissy bewegte sich nicht und schwieg. Sie war eindeutig voll und ganz auf ihn konzentriert.

Greg lag still zu Füßen seiner Betreuerin. Er sog ihren wohltuend sympathischen Geruch ein und spürte ihre Körperwärme.

»Heute Abend kommen einige Leute, die du kennst. Die Fernseh-Fuzzis hier erhoffen sich natürlich, dass du ein bisschen mitspielst. Ich will dir eigentlich nur sagen, dass du dich wohlfühlen kannst. Ich bleib immer in deiner Nähe und versorge dich. Alle hier mögen dich, auch wenn sie manchmal Stuss reden.«

Ein bisschen viel Stuss! Diese Bemerkung lag Greg zwischen den Kauwerkzeugen und konnte nicht raus. Dafür gelang ihm zu seiner Verwunderung ein Rülpser sozusagen auf Kommando.

»Hab dich schon verstanden«, kam es prompt von Lissy und sie ließ Greg allein.

Der Abend brach an und Greg war nervös. Der ganze Trubel hatte ihm gehörig die Sinne betäubt und er konnte keinen klaren Gedanken mehr fassen. Am liebsten hätte er sich hinter einer der Dekorationen versteckt und seine eigene Sendung als Zuschauer verfolgt. Andererseits war es nicht ohne Reiz, plötzlich ein großer Fernsehstar zu sein.

»Achtung, bitte alle auf Position! Kamera bereit? Ton bereit? Lissy, versuch unseren Liebling zu unserem Gästesofa zu locken!«

Und dann ging das nächste Spektakel los: Eine Band startete die Sendung mit einem fetzigen Song. Ein Scheinwerferkegel verfolgte Greg auf seinem Weg zu dem gewünschten Platz. In einem zweiten Lichtspot stand die Moderatorin Gitti und verkündete mit aufgedrehter Stimme:

»Hallo Freunde, hallo Fans! Willkommen im Greggy-Paradies zur besten Sendezeit! Nur wir präsentieren live und hautnah die größte biologische Sensation, das Faszinosum für alle Wissenschaftler und Experten! Den leibhaftigen Beweis für den Beginn eines neuen Zeitalters, eines neuen Jahrtausends – Greggy, die Riesenraupe!«

Riesig fühle ich mich zwar grad nicht, dachte Greg, während er neben Lissy zum Gästepodest ging. Aber mal sehn, was für eine Show hier heute abgeht …

»Und was interessiert uns alle am meisten? Wen würden wir gerne live hier im Studio erleben? Na logo: Die Eltern oder wie auch immer man sie bezeichnen will, die Eltern unseres Megastars. Und mit ihnen natürlich Greggys Bruder.«

Greg erstarrte: Das kann doch wohl nicht war sein!

»Und hier sind sie – nicht als Raupen oder als Schmetterlinge, wie man vermuten könnte … nein, ganz bescheiden und normal auf zwei Beinen: Frau und Herr Hansen! Und mit ihnen: Ben, ihr Sohn, Greggys Bruder!«

Greg war immer noch wie betäubt: Er hatte es geahnt und es war ihm peinlich, ungemein peinlich. Und er überlegte, ob er nicht den nächstbesten Weg raus aus dem Scheinwerferlicht suchen sollte …

»Ja, ich sehe: Meine Ankündigung ist nicht ganz korrekt – einer fehlt. Aber nichtsdestotrotz freue ich mich auf das Gespräch, an dem unser Greggy leider nur stumm, dafür aber in seiner ganzen Schönheit und Besonderheit teilnehmen darf!«

»Komm, mein Lieber, hier ist frisches Fressen für dich«, lockte Lissy den verunsicherten Greg in die Nähe der Couch. »Lass es dir schmecken, ich bleib bei dir.«

Ihr Geruch, ihre Stimme!

Gleichzeitig nahm Greg in einiger Entfernung schemenhaft die beiden Menschen wahr, die ihm so vertraut und inzwischen auch so fern und fremd waren.

»Ja, liebe Zuschauer, selbst ich bin nun ganz gerührt und ergriffen von dieser ersten Wiederbegegnung. Ich schlage vor, die Familie für ein paar Minuten allein zu lassen. Einige wichtige Informationen für Ihren nächsten Einkaufsbummel warten auf Sie. Und natürlich das Greggy-Gewinnspiel mit tollen Chancen und attraktiven Preisen. Nichts verpassen, nicht verzappen – wir sind gleich wieder hier im Studio!«

Greg reichte es schon wieder mit dieser penetranten Nervstimme. Aber viel aufregender war der Moment, als jetzt seine Mutter zu ihm trat:

»Greggy! Greggy, wie geht es dir?«

»Hallo, Gregor! Gut schaust du aus!«, sprach ihn auch der Vater an.

Mehr kam nicht.

Greg spürte, wie verlegen und unruhig seine Mutter war. Und die Stimme seines Vaters klang so, als rede er mit einem Kollegen, der ihm nicht ganz geheuer erschien.

Ich check das alles nicht, sagte sich Greg. Was sollen, was wollen die hier? Und er beschloss, lieber wieder seinem Fresstrieb nachzugehen.

»Hallo Freunde! Hallo Greggy-Fans! Wir sind wieder zurück und ich würde gern meinen Gästen einige Fragen stellen. Doch zunächst ganz neugierig: Wo ist denn der Bruder? Wo ist Ben?«

»Er ist leider krank«, sagte Herr Hansen. »Er muss das Bett hüten.«

»Ohje! Ihm ist sicher das Schicksal seines kleinen, jetzt so berühmten Bruders auf den Magen geschlagen. Gute Besserung von hier aus, Ben Hansen! Und damit wären wir auch gleich beim Thema:

Frau Hansen oder darf ich Helen sagen? Helen, wie nimmt man es auf, wenn von heute auf morgen ein Sohn verschwunden ist und dafür so ein Prachtexemplar von Haustier seinen Platz eingenommen hat?«

Frau Hansen blickte zu Greg und sie schien sehr gerührt.

»Ehrlich gesagt: Ich habe es bis heute noch nicht begriffen. Ich habe immer noch schlaflose Nächte. Es ist wie ein Traum, ein Albtraum und dann wieder, wenn ich ihn so sehe … ist er, auch wenn es komisch klingen mag, nach wie vor mein Kind.«

»Und Sie, Thomas, wie gehen Sie mit diesem Wunder um?«

»Ich bin Rationalist. Ich bin durch meinen Beruf gewohnt, konkrete, praktische Probleme anzupacken und zu lösen. Ich stehe oder sitze hier vor dem, was ist. Aber ein wenig geht's mir auch wie meiner Frau: Ich warte auf den Moment, wo der Traum zu Ende ist. Ich kann einfach nicht glauben, was da passiert ist.«

»Die Ursachen, der Auslöser, liebe Hansens! Alle Zuschauer, die uns anrufen oder mailen, wollen wissen: Wie kann so etwas geschehen?«

»Wir rätseln wie alle Menschen«, antwortete Frau Hansen. »Wir haben inzwischen Kontakt mit Fachleuten aus Medizin und Biologie und alle stehen vor einem Geheimnis. Ich … ich bin eigentlich total mit den Nerven am Ende. Ich kann nur noch …«

Frau Hansen begann plötzlich herzerweichend zu schluchzen.

Greg konnte nicht weiterfressen.

Herr Hansen ergriff erneut das Wort:

»Wir müssen im Augenblick jeder Vermutung nachgehen, nichts ist ausgeschlossen. Genmanipulierte Speisen, spekulieren die einen. Mutationssprung infolge eines bisher unbekannten Pubertätsvirus, mutmaßen andere. Manche reden von einem außergewöhnlichen Reinkarnations-Phänomen, was ich allerdings als rational und logisch denkender Ingenieur ausschließe.«

»Darf ich auch mal, hick … Kann ich auch mal, hick … Soll ich mal, hick …«

Greg horchte auf. Auch die Moderatorin war ausnahmsweise mal ganz ehrlich überrascht.

»Liebe Zuschauer, bitte glauben Sie mir: Dieser Gast kommt ungeladen und ich möchte erst mal …«

»Hick. Ben ist mein Name und Hansen auch. Hick. Und dieses abartig-süße kleine Kriechtier dahinten, hick … das ist mein Bruder, hick … Und ich, ich bin der tierisch abartige Bruder von dem Bruder, hick …«

»Ben!«, murmelte Frau Hansen entgeistert und der Vater schüttelte ein ums andere Mal den Kopf.

»Liebe Greggy-Fans, das ist Live-Fernsehen … ungeplant, ungeschnitten, unzensiert. Wenn ich mich nicht irre, hat der magenkranke und bettlägerige Ben Hansen doch noch zu uns gefunden. Lieg ich richtig?«

»Hick! Ich lieg auch gleich richtig, weil ich, hick, so tierisch geil drauf bin.«

»Ben!« Frau Hansen wollte aufstehen, aber ihr Mann drückte sie in die Couch zurück.

»Liebe Zuschauer! Wollen wir Ben trotz seines Zustands doch mal fragen, wie er die plötzliche Verwandlung seines Bruders sieht. Ben, kannst du uns was dazu sagen?«

»Hick.«

Ben war zu Greg gegangen, besser gesagt: getorkelt. Er machte vor ihm Halt, bemühte sich um einen einigermaßen festen Stand und blickte grinsend auf ihn hinunter.

»Na, du alter Furzer, immer noch so raupig-geil drauf? Ich vermiss dich, Kleiner. Hick … ich vermiss dich echt!«

Die Moderatorin war Ben mit dem Mikrofon gefolgt und tippte ihm auf die Schulter.

»Darf ich meine Frage wiederholen, Ben? Weißt du eine Erklärung für dieses Verwandlungswunder?«

Ben sah Gitti an, kam wieder ins Wanken und schnüffelte sie dabei unüberhörbar an.

»Sorry, Lady. Sie tragen ein endstinkiges Parfüm, hick … Aber die Frage ist auch wichtig, hick … Ich sage nur: Endzeit! Dritte Halbzeit, wenn es so etwas gibt, hick … Der kleine Große da zeigt uns, wo's langgeht in Zukunft, hick … Der war immer schon ein

Spinner und ein Tierfreak, hick ... Und nun beweist er allen, was in ihm steckt, hick ... Ein echt geiles Monster, hick ... Ich find das raupenstark von dem ... Da können wir alle nur ganz blöd glotzen und gaffen ...«

»Liebe Freunde, liebe Fans! Das sind Worte, über die wir nachdenken können. Nun wollen wir unseren Gästen eine kleine Pause gönnen. Für Sie, für euch, spielen jetzt live und ohne Playback unsere »Fünf Greggys«! Danach gibt's wieder ein paar heiße Verbraucherinfos und dann sind wir wieder auf Sendung – mit einem neuen Überraschungsgast. Ihr werdet alle staunen und unser lieber Greggy sicher auch. Ciao, tschüss, servus ... bis gleich!«

Plopp!, machte es und Greg war es egal. Die plötzliche Begegnung mit Ben und seinen Eltern machte ihn vollends wirr im Kopf und er war drauf und dran, die Flucht zu ergreifen.

»Komm, mein Lieber, hier gibt's noch mehr zu fressen«, redete Lissy beruhigend auf ihn ein und streichelte über seinen langen Rücken.

Greg aber war jetzt nicht nach Fressen. Er hatte ein kaum auszuhaltendes Unruhegefühl im Magen. In seinem Gehirn drehte sich alles Mögliche und der einzige klare Gedanke war noch: Vielleicht hat mich die ultra-alkige Fahne von Ben angesteckt ...

Die Sendepause dauerte länger als geplant. Die Band musste ein paar Extra-Songs spielen und währenddessen versuchte man mit vereinten Kräften, Ben zum Verlassen des Studios zu bewegen. Erst als Herr Hansen ihm ein paar Worte ins Ohr geflüstert hatte, war Ben bereit:

»Okay, Chef, hab verstanden! Die Show läuft ohne mich weiter, hick ... Aber seid ja nett zu meinem Bruder, hick ... Sonst werde ich auch noch zur Raupe, verstanden?!«

Ben wurde hinausgeführt und an einer anderen Studiotür machte man Anstalten für einen neuen Auftritt.

»Hallo, liebe Zuschauer, liebe Fans! Ich höre gerade, die Einschaltquote heute Abend bricht alle Rekorde. Ich kann's verstehen: Jeder will unseren Star sehen. Jeder will mehr wissen über die Hintergründe dieses Phänomens. Und deshalb haben wir auch einen besonderen Gast geladen, der etwas erzählen wird, was uns alle interessiert. Unser Special Guest, unsere Überraschung auch für Greggy: Hier ist … Sara Auster!«

Sara!

Greg glaubte, nicht richtig zu hören: Sara!?

Sie betrat charmant lächelnd und mit vor Aufregung geröteten Wangen das Studio. Sie hielt in der Nähe von Greg inne, blickte ihn ganz ergriffen an und wusste nicht, wohin sie weitergehen sollte.

»Bitte setz dich hier zu uns in die Couchrunde, liebe Sara.«

Den Zuschauern sei gesagt: Sara ist die Nachbarin von Greg. Sie lebt nur ein paar hundert Meter von ihm entfernt. Sie ist in den letzten Wochen fast jeden Morgen mit Ben und Greg Hansen – ich spreche von dem *Jungen* Greg Hansen – im gleichen Schulbus gefahren. Und ich weiß, dass es etwas Besonderes gibt, was uns Sara gleich verraten wird. Vorher aber die Frage an Lissy, unsere liebe Tierpflegerin: Wie geht es Greggy? Braucht er irgendwas Spezielles? Sollen wir ihm zur Stärkung vielleicht etwas *Medi-Vital* reichen? Oder braucht er schon das vielfach bewährte *Mega-Vital*?«

Die Moderatorin hielt die beiden Packungen deutlich sichtbar in die Kamera, während Greg der Ohnmacht nahe war: Mit allem hatte er gerechnet und das Prickeln im Bauch hatte ihn noch nie getäuscht. Nun aber dies. Und Ben gleich dahinten, nur hinter einer der Studiotüren wahrscheinlich – nicht zum Aushalten!

»Bitte, Sara, erzähl uns, wie du die Hansen-Brüder kennen gelernt hast und, falls diese intime Frage erlaubt ist: Was für ein Verhältnis hattest du zu ihnen?«

Sara zögerte, blickte immer wieder zu Greg, aber der lag mit eingezogenem Kopf da – äußerlich so, als ginge ihn die ganze Sendung und erst recht das Interview nichts an.

»Ich weiß nicht, ob ich das einfach so erzählen soll …«

»Trau dich, Sara. Du hast unser aller Vertrauen und du trägst vielleicht mit dazu bei, diesem großen, faszinierenden Greggy-Rätsel etwas auf die Spur zu kommen. Wofür haben wir Fernsehen? Wo sonst können wir so offen miteinander reden?«

Diese Gitti-Tussi hat einen Schlag weg, dachte Greg, ohne sich zu rühren. Wenn die so weiterquatscht, fall ich sie wieder an, damit sie auf der Stelle die Flucht ergreift, diesmal aber endgültig!

»Mir ist Greg vom ersten Tag an aufgefallen … und sein Bruder auch«, begann Sara. »Ich hab immer darauf gewartet, dass er mal etwas zu mir sagt.«

»Hat Greg dich denn wenigstens beachtet? Oder hat er dich sonst wie angemacht … du weißt schon, was ich mein?«

»Angemacht hat mich der Ben.«

»Und was hattest du für einen Eindruck von Greg?«

»Einen süßen. Endsüß einfach.«

»Ist dir irgendwas an ihm aufgefallen?«

»Ja. Dass er irgendwie besonders ist.«

»Inwiefern? Irgendwie abnormal? Oder wie?«

»Ja, abnormal hübsch und süß und abnormal schüchtern.«

»Und dann?«

»Wir haben Blicke ausgetauscht.«

»Und?«

»Mehr hat er sich nicht getraut.«

»Und du? Du hast dich dann dem Ben zugewandt …«

Greg wurde es plötzlich heiß. Er konnte es kaum noch aushalten in seiner Stellung und zugleich wollte er alles hören – auch das Schlimmste.

»Ja«, sagte Sara. »Ich hab ihn ja gebraucht.«

»Dürfen wir wissen, wozu?«

»Ich wollte ihm einen Stick geben.«

»Mit Musik?«

»Mit Musik und mit einem Rätsel … und mit einer Bitte.«

»An Ben?«

»Nein, an Greg natürlich.«

»Das musst du unseren Zuschauern genauer erklären.«

Sara machte eine längere Pause und blickte gedankenverloren und vielleicht auch ein bisschen sehnsüchtig zu Greg.

»Du brauchst dir seinetwegen keine Sorgen zu machen. Er versteht sowieso nicht, was wir hier reden. Leider.«

»Also gut«, sagte Sara. »Ich hab für Greg einen USB-Stick besprochen mit meinen Gefühlen und Fragen und das hab ich seinem Bruder Ben gegeben, damit er's Greg weitergibt.«

Wie bitte??

Greg konnte es nicht mehr aushalten, so gekrümmt, mit eingezogenem Kopf und überhaupt.

»Und wie hat Greg darauf reagiert? Hat er geantwortet?«

»Nein … gleich danach«, flüsterte Sara, »gleich danach muss es passiert sein.«

Sara begann zu schluchzen und Frau Hansen reichte ihr ein Taschentuch.

Greg hörte es und er hielt es endgültig nicht mehr aus. Er ergriff die Flucht.

»Schaut, wie wunderschön er sich bewegt, unser Greggy!«, sagte die Moderatorin und wandte sich wieder an Sara.

»Eine letzte Frage noch an dich, liebe Sara: Glaubst du wirklich, dass das da drüben der Greg ist, dem du den Stick geschickt hast?«

»Ja. Ja …«

Greg hatte sich, so schnell er konnte, in die hinterste Ecke des Studios verzogen. Kaum hatte er sie erreicht, bereute er es und überlegte, wieder zurück zu krabbeln. Im Hintergrund vernahm er das schrille Getue von Gitti, neue Ankündigungen von neuen Überraschungen und Produkten und Gewinnen und Spielen und …

Als sich Greg endlich entschlossen hatte zurückzukriechen, da waren alle verschwunden: seine Mutter, sein Vater, Sara und Ben sowieso.

Die nächsten Tage erlebte Greg wie in Trance: Sara. Sara. Sara …

Wie bei einem Videoclip mit Endlosschleife wiederholten sich in Gregs Innerem die Eindrücke von Saras Auftritt im Studio.

Was hat sie da alles erzählt? Hat sie wirklich von Anfang an was von mir gewollt? Hat sie den Stick tatsächlich für mich und nicht für Ben besprochen?

Jedes Wort war noch gespeichert. Der Klang von Saras Stimme, ihr Schluchzen, alles …

Weshalb bin ich nicht näher zu ihr hin? Wieso war ich nur so idiotisch schüchtern?

Wirres, Irres, Kirres malte sich Greg aus: statt Comic-Krebs und Comic-Skorpion zwei richtig echte …

»Was ist los mit dir, Greggy?«, fragte Lissy nicht zum ersten Mal und störte Greg in seinen Fantasien.

Seit Saras Besuch ging ihr nämlich die Raupe so weit wie möglich aus dem Weg. Selbst der frischeste Salat und Lissys guter Geruch konnten ihn nicht verlocken. Und freundliches Zureden oder Streicheln hatte jetzt nur zur Folge, dass Greg die Flucht ergriff.

Wer weiß: Vielleicht sitzt Sara bei sich zu Hause vor dem Fernseher? Vielleicht will sie wissen, wie es mir hier geht? Möglicherweise kommt sie ja noch mal in eine Sendung … Ich muss sie wieder sehen! Ich will sie unbedingt wieder sehen! Ich werde alles tun, damit das gelingt!, nahm sich Greg vor. Doch vorläufig standen andere Dinge auf dem Programm:

»Hallo Kids, hallo Fans, hallo Greggy-Freunde!«, überschlug sich Moderatorin Gitti wieder mal vor Begeisterung.

»Heute begrüße ich nicht nur viele Teenies hier im Greggy-Paradies. Vielmehr bin ich stolz, einen der besten und berühmtesten Dresseure begrüßen zu dürfen. Bei uns, mit uns und demnächst Dauergast und Freund von Greggy: Carino Marino! Beifall für Carino Marino!«

Was geht hier ab? Was haben die noch alles mit mir vor?, fragte sich Greg und kletterte zum Vergnügen der Studiogäste hoch oben in den Scheinwerfergerüsten herum.

»Guck mal, was der da treibt … Süß! Krass! Geil! Cool!«

»Ja, liebe Freunde am Bildschirm, vergnügt euch mit uns. Unsere Kameras zeigen live und lebendig alles, was unser Liebling sich einfallen lässt. Und hier und heute darf ich auch verraten, was bei uns in Planung ist: Wir bauen in Kürze das Greggy-Paradies aus. Es wird einen ultragigantischen Greggy-Park geben. Mit viel Auslauf, mit vielen Attraktionen und … mit anderen exotischen Tieren. Damit unser Greggy sich noch wohler fühlt und euch zu Hause noch mehr geboten wird! Näheres darüber im Videotext, auf unserer Internetseite und demnächst auch exklusiv in unserer Zeitschrift GREGGY BRAVISSIMO – jeden Montag am Kiosk oder besonders günstig per

Abo. Doch nun ganz schnell hinüber zu den neuesten Verbraucherinfos – nicht verpassen, nicht verzappen! Wir sind gleich wieder zurück hier im Studio.«

Andere exotische Tiere? Andere? Exotische?? Tiere???

Greg mochte nicht darüber nachdenken. Er hatte jetzt auch keine Lust auf unterhaltsame Plopps und ähnliche Vergnügen. Ihn interessierte weder der Greggy-Fanclub noch das neue ultimative Greggy-Logo, das Schultaschen und Federmäppchen, Handtücher und Schlafanzüge, Kappen und T-Shirts und was auch immer für ein Zeug zieren sollte …

Greggy brauchte Zeit zum Nachdenken und möglichst weiten Abstand von dieser aufgedrehten Gitti.

Auch die nächste Sendung konnte Greg nicht aufheitern. Die Gästecouch war wieder aufgebaut und diesmal gab es Promi-Besuch.

»Willkommen bei uns, liebe Greggy-Kultfans!«, übernahm Gitti wie gewohnt die Moderation. »Heute begrüße ich illustre Gäste, Experten beiderlei Geschlechts. Vom Tierschutz, aus der Ökologie, den Kirchen und den größten Parteien. Es geht, wie sollte es anders sein, um Greggy, um den von uns allen geliebten Greggy. Wir wissen, dass er sich bei uns raupenwohl fühlt. Wir wissen aber auch, dass sich einige Sorgen um unseren Liebling machen. Auch sie sollen selbstverständlich bei uns zu Gehör kommen. Dabei bedauern wir von ganzem Herzen, dass Greggy nicht persönlich zu seinem Schicksal Stellung nehmen kann. Aber selbstverständlich wird eine Kamera während der Diskussion verfolgen, wie er auf unsere Gäste reagiert. Viel Spaß also in unserer munter-bunten Runde. Ich übergebe das Wort an den Diskussionsleiter.«

Von mir aus, dachte Greg und kletterte in den dichtesten Busch, der im Studio stand. Dort rollte er sich zusammen, zog den Kopf ein und beschloss, kein einziges Wort mehr hören zu wollen. Auch die Verlockung mit Salat- und Gemüse-Delikatessen ließ ihn nicht munter werden. Die Promis konnten reden, was sie wollten – Greg stellte sich einfach tot.

Denen hab ich's gezeigt!

Greg war stolz auf seine Sturheit. Nun allerdings knüpf ich mir diese Quassel-Tussi vor, beschloss er und die Gelegenheit bot sich bald.

»Hallo Fans, die ihr noch immer an den Bildschirmen ausharrt. Heute Abend wollen wir euch noch eine besondere Freude machen. Ihr könnt daran teilhaben, wie einer der prominentesten Tierfotografen mit seiner brandneuen, soeben auf den Markt gekommenen und auch für euch Laien erwerbbaren Spiegelreflexkamera Porträt- und Action-Aufnahmen von Greggy machen wird. Und ich verrate euch auch, wofür: Demnächst erscheint für unsere vielen Computerfreunde das erste interaktive Spiel – mit Greggy, über Greggy, von Greggy. Infotainment, Docutainment, Edutainment in einem. Zu einem Spotpreis erwerbbar, exklusiv nur über unseren Sender – präsentiert von eurer Gitti!«

Im selben Moment machte es Plopp! und ein paar andere Tönchen folgten – Greg hatte sich von hinten an seine geliebte Gitti herangeraupt und die Überraschung war gelungen.

»Das ist eben Live-TV!«, sagte die Moderatorin mit gequältem Lächeln. »Komm, mein Lieber, ich würde gern mal deinen süßen Fühler fühlen!«

Von der lass ich mich doch nicht anfassen! Und weg war sein Kopf aus ihrer Greifnähe. Und schneller als diese Gitti flüchten konnte, tat das bunte Hörnchen seine Wirkung.

»Iii pfui!«, schrie sie hysterisch und floh eiligst hinter die Kulissen.

»Ich bin mit den Nerven total am Ende!«, gestand Gitti in der nächsten Drehpause Greggys Betreuerin. »Guck nur, wie irre mich der Typ anglotzt! Und dann erst dieses bunte Stinke-Ding da hinten!«

Ausnahmsweise hielt sich Greg in der Nähe der beiden auf und lauschte ihrem Gespräch.

»Das braucht er alles nur zu seinem Schutz«, erklärte Lissy.

»Aber er macht mir Angst!«, erregte sich die Moderatorin. »Er verfolgt mich im Traum. Und manchmal denk ich, er ist gar kein richtiges Tier, sondern diese Hansens haben uns irgendeine Raupe aufgebunden … von wegen verwandelter Sohn. Wahrscheinlich ist der ein Außerirdischer, der denen zugelaufen ist. Und jetzt machen sie die große Kohle mit ihm.«

Ja, ich bin total außerirdisch drauf! Ich hab außerterrestrische Gelüste, amüsierte sich Greg und er spürte, wie sein Hörnchen mal wieder ein Eigenleben führte.

»Guck, guck, das Ding da hinten!«, kreischte Gitti und hielt sich die Nase zu. »Gleich stinkt er uns wieder an mit seinem ätzenden Ding.«

Lissy konnte sich das Lächeln nicht verkneifen:

»Ganz normal«, erklärte sie. »Könnte für ihn ja auch alles zu viel sein, oder?«

»Der wird jetzt entweder auf zahm dressiert und tut was ich sag, oder ich schmeiß meinen Job hin!«, sagte Gitti und schüttelte sich. »Wieso lassen sich die da oben von diesem Geier van Kock über den Tisch ziehen? Hast du gehört, was sie mit diesem Vieh noch alles planen?«

Vieh? Hat sie mich als Vieh bezeichnet?

In Greg kam Wut hoch. Er musste sich wehren. Er wollte dieser ausgerasteten Zicke eine Lektion erteilen.

»Vorsicht!«, rief Lissy.

Greg richtete sich hoch auf, stand nur noch auf seinen acht Hinterbeinen, knackte unüberhörbar laut mit seinen Beiß- und Kauwerkzeugen und das Hörnchen tat wieder giftrot sein Werk.

»Hilfe, Carino Marino, wo bist du?!«, schrie Gitti und blickte wie erstarrt in das Schreckgesicht.

»Glaub mir, er ist nicht gefährlich«, rief Lissy.

Aber Greg wollte das so nicht gelten lassen. So schnell es ihm sein Laufmechanismus erlaubte, bewegte er sich auf die Moderatorin zu.

»Helft mir!«, kreischte Gitti, ohne sich von der Stelle zu bewegen.

Im selben Augenblick kamen einige Studioarbeiter gerannt und Lissy rief: »Greggy, pass auf, wir sind auf Sendung! Wenn dich Sara so sieht …«

Das war ein Volltreffer: Greg war wie von einem Blitz getroffen. Die ganze Erregung war schlagartig dahin. Er wandte sich von dem ätzenden Parfumgeruch ab und hatte nur noch das Bedürfnis nach einem Versteck.

»Ganz ruhig, komm her zu mir«, rief Lissy besänftigend.

Aber Greg war schon unterwegs in die hinterste Ecke des Studios. Alle beobachteten gebannt seinen stolzen Gang. Und plötzlich schienen sie ungeheuer beeindruckt von diesem Ausnahmewesen, das auch ohne Worte so viel auszudrücken schien.

»Ja, so geht's in der Tat nicht weiter«, sagte Lissy mehr zu sich. Und voller Mitgefühl sah sie hinter ihrem Schützling her.

Richtig, so geht's nicht weiter, dachte auch Greg. Und er spürte wieder erste Anzeichen von diesen seltsamen Regungen tief innen in seinem Körper – gar nicht so unangenehm wie so viele andere Momente …

Es kam so, wie Greg erwartet hatte: Keinen Appetit mehr, keine Lust mehr auf Bewegung. Und das Treiben rundum verschwand wieder hinter einem Nebelvorhang. Selbst die Gedanken an Sara lösten sich mehr und mehr in vage Schwaden auf. Aber: Dieser Zustand kam ihm längst nicht mehr so bedrohlich vor wie beim ersten Mal.

Ich muss das durchstehen und danach weiß ich, was ich zu tun hab, machte sich Greg selber Mut.

Dann und wann vernahm er auch die Stimme von Lissy.

Sie war besorgt und tat alles, um ihn vor Störungen zu schützen. Trotzdem konnte auch sie nicht verhindern, dass fortwährend mindestens eine Kamera auf ihn gerichtet war.

»Wir machen uns alle große Sorgen um unseren Greggy, liebe Zuschauer«, redete Gitti ausnahmsweise mal ohne Hektik und Stress. »Viele von euch haben angerufen und gemailt und Greggy gute Besserung gewünscht. Wir wissen, wie sehr ihm das hilft. Und wir freuen uns darauf, dass er uns bald in alter Frische wieder unterhalten wird.«

Da könnt ihr lange warten, dachte Greg müde und mit eingezogenem Kopf.

»Und damit die Vorfreude auch richtig maxi wird, verrate ich allen Fans und Freunden von Greggy, was für demnächst geplant ist: der

Event des Jahres! Das Open-Air-Ereignis im Olympiastadion! Greggy wird per Hubschrauber eingeflogen. Viel Prominenz aus dem Showbiz wird ihn begrüßen. Gigs mit aktuellen Bands sorgen für die angemessene Stimmung. Unzählige Sender aus dem Ausland werden zugeschaltet sein. Greggy wird als Welt-Sensation präsentiert und gefeiert werden!«

Nein! Ohne mich!

Greg war schlapp und schlaftrunken. Ich krieg sowieso nichts mehr gecheckt. Ich bin doch total normal, totaler normaler geht's nicht, oder? Und wenn ich wieder richtig fit bin … könnt ihr mich alle suchen geh'n … ist das … klar?

Eine ziemlich überforderte Riesenraupe war in den Tiefschlaf gesunken.

Wenige Stunden später war es so weit: Greg bekam wieder seine Zuckungen. Seine Haut spannte sich zum Bersten. Vor allem vorn am Kopf war es so, als würde ihm das ganze Gebiss weggesprengt. Ihm war, als höre er die Stimme seiner Mutter, die von fern beruhigend auf ihn einredete.

Dass Gitti und Lissy und wer auch immer dieser Häutung zuschauten, war ihm jetzt egal. Hauptsache befreit und dann ein neues Leben anfangen …

Das neue Leben begann für Greg mit einem wunderbaren Wohlbefinden, einem inzwischen vertrauten Gefühl: Er fühlte sich gewachsen. Er fühlte sich befreit. Und er fühlte sich ungeheuer unternehmungslustig. Er dachte an Sara. Er dachte auch an Ben. Und er war entschlossen, sein Schicksal jetzt endlich selber in die Hand zu nehmen.

Als Erste tauchte Lissy bei ihm auf und brachte reichlich Grünzeug.

»Wie schön du geworden bist!«, sagte sie und sah Greg bewundernd an. »Ich hatte mir schon solche Sorgen um dich gemacht.«

Um mich muss sich niemand Sorgen machen, hätte Greg gerne geantwortet. Unsere Wege trennen sich bald. Danke für deine Betreuung, ich hau bei der nächsten Gelegenheit ab. Und wer weiß, ob wir uns je wieder sehen.

Nicht zum ersten Mal schien Lissy zu ahnen, was in Greg vorging. Sie betrachtete ihn lange und flüsterte:

»Weißt du was, Greggy? Eigentlich hab ich ein schlechtes Gewissen. Was man hier mit dir anstellt, ist nicht okay und ich überleg mir ernsthaft, ob ich meinen Job nicht kündigen soll. Nicht, weil ich dich nicht mehr mag, sondern weil ich dich nicht leiden sehen kann. Wenn ich wüsste, dass jemand anderes sich gut um dich kümmert oder es sonst eine Lösung geben würde …«

Lissy brach mitten im Satz ab und Greg ging es mit ihr jetzt so wie früher mit seiner Mutter: Er spürte genau, dass es Lissy sehr ernst war mit dem, was sie sagte. Und er empfing auch, dass noch etwas mitschwang – etwas, was sie nicht in Worten ausdrücken wollte …

Kurz darauf verabschiedete sich Lissy. Wie jeden Abend hatte sie Greg einen reichlichen Nachtvorrat an Grünzeug zubereitet.

Die Scheinwerfer im Studio waren auf halbe Stärke heruntergefahren. Die elektronischen Kameras waren auf Fernbedienung geschaltet. Und aus dem Irgendwo, einem fernen Lautsprecher, erklang leise Musik. Einlullende Klänge für die Spätsendung: Greggys Nachtleben live – ohne Moderation und ohne Kommentar … alle zwölf Minuten unterbrochen von einem ausführlichen Werbeblock. Wie komm ich hier raus? Mit welchem Trick kann man aus einem Paradies-Gefängnis entfliehen?, sinnierte Greg, während er seinen wieder erwachten Fresstrieb stillte. Inzwischen kannte er jede Ecke, jeden Ausgang des Studios und er wusste auch, wo die Chancen am größten waren: Es gab ein riesiges Tor, das fast immer verschlossen war. Nur wenn für irgendwelche Sendungen besonders große Dekorationsstücke herangeschafft wurden, öffnete man diesen Eingang für die Gabelstapler. Und dann war auch zu hören, dass dort draußen eine Baustelle war: Mit Großeinsatz arbeitete man dort an der Errichtung des Greggy-Parks.

Macht ihr nur! Hängt euch nur kräftig rein, dachte Greg. Da werdet ihr mich garantiert nie erleben! Und während er sich ausmalte, wie er die nächste Gelegenheit nutzen würde – vernahm er mit seinem hochsensiblen Gehör plötzlich Geräusche: Erst ein leises Knirschen. Dann ein Knarzen. Dann fiel etwas zu Boden.

Was ist das? Wer treibt sich hier nachts im Studio rum? Eine Zeit lang war Ruhe. Dann erneut ein leises Knacken, Schritte und Flüstern … genau von dort, wo das große Tor war.

Greg war unruhig. In seinem Inneren pochte es. Er wollte sich vergewissern: Vorsichtig kroch er durch das künstliche Buschwerk. Er machte Halt und lauschte. Er kroch weiter. Und genau in dem Moment, als er kurz vor dem Tor aus einem Gebüsch robbte, fühlte er etwas Unangenehmes und Beengendes über seiner Haut. Irgendwas zog und zerrte an ihm. Kurze, knappe Zurufe gingen hin und her. Dann wurde es dunkel und ein unangenehmes Motorengeräusch war von ganz nah zu vernehmen. Greg fühlte sich durch eine rätselhafte Kraft in die Luft gehoben. Einige hektische Rufe unmittelbar neben sich und dann ein todgiftiger Geruch.

Danach war nur noch Ohnmacht, tiefe Ohnmacht und ein Gefühl, sich zu verlieren in einem Raum ohne Boden, ohne Grenzen, ohne alles …

Sara?

Als Greg wieder erwachte, war alles fremd. Es roch seltsam. Das

Licht war ungewohnt. Und sofort stellte sich ein Empfinden von bedrohlicher Enge ein.

Wo bin ich hier? Was ist mit mir? Bin ich noch Greg, die Raupe?

Beruhigenderweise meldete sich der Hunger, dieses inzwischen so vertraute Gefühl, schier unersättlich zu sein. Und gleich neben Greg lag reichlich Grünes. Doch diesmal weigerte er sich. Noch immer benommen und ziemlich müde, wandte sich Greg von der Nahrung ab.

Was haben die mit mir gemacht?

Nur mühsam und mit vielen schwarzen Stellen wollte der Erinnerungsfilm rückwärts laufen, bis er sich verhedderte: dieser ätzende Geruch … Stimmen, von denen eine jetzt Erinnerungen an viel früher wachrief. Ein unangenehmes Motorengeräusch … das geschlossene Tor … die Zimmertür von Ben … Sara …

Greg merkte, wie sich Bilder übereinander legten, die nicht zueinander passten und ihm wurde flau.

»Du musst fressen, Tier!«, sagte plötzlich eine Stimme hoch über Greg. »Friss, Tier!«

Greg gehorchte. Oder besser gesagt: Seine knackenden Beißwerkzeuge taten es wie willenlos.

Während Greg kaute und kaute, versuchte er, mit seiner Umgebung klarzukommen. Unter ihm der Boden war unangenehm kühl und glatt. Rund um ihn herum, vor seinen Weitwinkelaugen, war nichts als helle Glätte zu erkennen. Und über ihm? Auch da nur Helligkeit und zwei kleine Stellen mit etwas Unerkennbarem:

»So ist es gut, Tier«, kam die verzerrte weibliche Stimme von dort. »Wenn du aufgefressen hast, bring ich dir Nachschub.«

Es ist alles ein Traum, beruhigte sich Greg.

Er wollte gerade weiterfressen, als hinter ihm eine Schiebetür aufging. Mehrere Personen betraten den Raum und mit ihnen verbreitete sich eine Spannung, die sich sogleich auf Greg übertrug.

»Das ist sie, meine Damen und Herren!«

Schweigen. Andächtiges und auch verwundertes Schweigen.

»Das ist unser Prachtexemplar, unser Forschungsobjekt Eins XX Plus. Wertvoller und zukunftsträchtiger als alles zusammen, was unser Institut je zu Gesicht bekommen hat! Verstehen Sie nun, warum ich die geheime SOKO zu dieser spektakulären Aktion auffordern musste?«

»Ungeheuerlich …«

»Beeindruckend …«

»Sensationell …«

Greg verharrte ruhig in seiner Fresshaltung. Superlative konnten ihn inzwischen nicht mehr beeindrucken. Eher schon die Stimme der Person, die ihn hier so euphorisch präsentierte: War das nicht dieser Doktor Markstein? Dieser mysteriöse Biologe, der schon zweimal seinen Weg gekreuzt hatte?

»Meine Damen und Herren, jeder Parataxonom wird uns um diese Weltsensation beneiden. Nichts Vergleichbares ist in der neueren Zeit unseren Kollegen unter die Finger gekommen. Machen wir uns also an die Arbeit! Unser Reiseziel ist Stockholm. Wir haben keine Zeit zu verlieren – nur unseren Ruf.«

»Darf ich fragen, was Sie mit Stockholm meinen, Herr Doktor?«

Die Fragerin erntete Gelächter und Doktor Markstein antwortete freundlich:

»Liebe junge Frau Kollegin, es sollte in Ihrem Kopf und in Ihrem Herzen fest verankert sein: Wir wollen den Nobelpreis – sowohl die Ehre als auch die Millionen. Haben wir uns verstanden?«

»Selbstredend, Herr Doktor.«

»Eine andere Frage«, meldete sich eine männliche Stimme. »Wie wollen wir mit den Medien umgehen? Diese Entführung hat einen Wahnsinnswirbel entfacht. In jeder Nachrichtensendung …«

»Eins XX Plus fällt ab sofort in die Geheimhaltungskategorie Null-Null. Wir bewegen uns vorläufig in einem rechtsfreien Raum. Wir bekommen Schutz und Rückendeckung durch eine Spezialabteilung der SOKO. Die ist, wie Sie wissen, eine staatliche Geheimorganisation. Sie hat uns schon öfter den Rücken für unsere Projekte freigehalten – wenn man das mal so harmlos ausdrücken will …

»Und die früheren Eigentümer des Tieres? Stellen sie Besitzansprüche oder wie ist das geregelt?«

»Liebe, verehrte Frau Kollegin, eigentlich sollte das alles nicht unsere Sorge sein. Eins XX Plus ist jetzt in unserem Gewahrsam und dort wird es bleiben. Ich habe besten Kontakt zu diesem Hansen und der ist froh, dass dieses Medienspektakel vorbei ist. Ich denke, alles andere ist nur eine Frage des Geldes. Wir hier, meine Herrschaften, sollten uns von heute an ausschließlich auf unsere wissenschaftlichen Aufgaben konzentrieren. Wir brauchen Daten, Daten, Daten! Ich muss Ihnen nicht erläutern, mit welcher Ausgangsgattung Tier und dementsprechend mit welchen Besonderheiten dieser Spezies wir es hier zu tun haben. Die Metamorphose dieser Kreatur nimmt ihren vorprogrammierten Lauf. Das Timing kennen wir nicht. Nur eines ist gewiss: Es ist ein Wettlauf mit der Zeit und das Rätsel muss vorher entschlüsselt sein. Sonst bleibt Eins XX Plus ein Phänomen, das in der Luft entschwindet. Und wir haben die Chance unseres Lebens verschenkt. Deshalb absolute Priorität für dieses Projekt! Machen wir uns an die Aufgaben! Ich wünsche uns allen erfolgreiche Laborarbeit. Ich danke für Ihre Aufmerksamkeit!«

Kurz darauf war Greg wieder allein, jedenfalls fast. Ein sicheres Gefühl sagte ihm, dass er unter permanenter Beobachtung stand, auch wenn nichts zu hören, zu riechen oder sonst wie zu erkennen war. Und überhaupt: Die soeben vernommenen Neuigkeiten mussten erst mal verkraftet sein. Manches davon hatte Greg schlichtweg nicht verstanden. Anderes übertraf bei weitem das, was man im Fernsehen mit ihm inszeniert hatte.

Wie auch immer, dachte Greg. Eins XX Plus wird die Riesenlöcher in seinem Riesenmagen füllen müssen. Um sich zu stärken und um genug Energie für kommende Herausforderungen zu haben. Danach kann man weitersehen …

Aus dem Weitersehen wurde erst einmal nichts. Unwillig stellte Greg fest, dass der Raum nicht nur langweilig leer war, sondern die Wände außerdem noch weiß gekachelt waren. Jedes Mal wenn er versuchte, daran hochzuklettern, um die beiden dunklen Stellen an der Decke zu untersuchen, rutschte er ab und fiel unsanft auf den gefliesten Boden.

»Hör mit dem Klettern auf, Tier!«, ertönte es plötzlich von oben. »Dein Spielzimmer ist gleich fertig.«

Was bitte? Wie bitte? Spielzimmer??

Aber bevor sich Greg weiter wundern oder ärgern konnte, wurde eine zweite Tür per surrender Automatik aufgeschoben und dieselbe Stimme nahte leibhaftig aus dem Nebenraum.

»Komm her, Tier! Hier findest du, was du brauchst. Dir soll es gut gehen bei uns, wie den anderen Versuchsobjekten auch. Falls dir was fehlt – kein Problem. Ich sitze, wenn ich nicht gerade auf Fütterungs- oder Reinigungsgang bin, vor den Monitoren und krieg alles mit. Bist eindeutig das geilste Exemplar, das sich hier eingefunden hat. Bin mal gespannt, was sie mit dir anstellen.«

Plopp!

»Ach du Scheiße, das wird ja Arbeit geben mit dir!«

Die Tierpflegerin, die eine fast männlich-tiefe Stimme hatte und von nicht schätzbarem Alter war, verzog sich und Greg war allein.

Die nächsten Stunden fühlte Greg sich so einsam wie seit Ewigkeiten nicht mehr. Zwar gab es in dem zweiten Raum einiges zu entdecken, aber beglückend war es nicht: Boden und Wände waren gekachelt wie nebenan. Verschiedene Nahrungsangebote – Salate, Gemüse und diverse Knabberstückchen, die wie Meerschweinchen- oder Kaninchenfutter rochen – lagen in einer Reihe von nummerierten und verschiedenfarbigen Fresskästen. Immerhin gab es auch Klettermöglichkeiten aus Holz. Sie waren gefahrlos begehbar und erinnerten Greg an ein Gorillagehege. Ansonsten: künstliche Beleuchtung und Airconditioning wie in einem Jet oder einem ICE. Und die dunklen Stellen an der Decke? Die eine war ein Lautsprecher und die andere das bewegliche Auge einer Videokamera – na prima.

Womit hab ich das verdient? Greg versuchte sich über seine Lage Klarheit zu verschaffen. Eines stand fest: Eins XX Plus war stocksauer und wartete dringend auf eine Eingebung. Sehr dringend!

Waren Stunden vergangen oder Tage? War es Tag oder Nacht?

Wieso habe ich überhaupt kein Zeitgefühl mehr?, fragte sich Greg, als er nach einer Ewigkeit den elektronischen Türöffner vernahm. Wenigstens erkannte er die Stimme von Doktor Markstein:

»Ich sage Ihnen: Jeder Handgriff nur mit äußerster Vorsicht! Das Tier darf nicht verletzt werden und es darf nicht krank werden. Darüber hinaus soll es, soweit das bei solchen Kreaturen möglich ist, Vertrauen zu uns entwickeln. Psychopharmaka wie bisher in niedrigster Dosierung. Nur in äußersten Notfällen erhöhen, um die Laborergebnisse nur ja nicht zu verfälschen. Und bitte jetzt umgehend in die CT!«

Greg verstand wieder nur die Hälfte. Er fühlte sich von mehreren Händen und einem undefinierbaren, summenden Tragegerät automatisch auf eine flache Liegefläche bugsiert. Verschiedene Plastikhände machten an seinem ganzen Körper rum. Dann ging's auf Rädern nach draußen und einen ewig langen Gang entlang.

Was machen die mit mir? Was jault und quiekt und wimmert da überall so entsetzlich? Warum wehre ich mich nicht? Wieso fühle ich mich so endschlaff?? Was sind das alles für Gerüche in diesem Gebäude?

Kurz darauf befand sich Greg in einem grell beleuchteten Raum. Er hörte knappe Anweisungen in einer Sprache, in der ihm fast jedes zweite Wort unbekannt war. Und gerade als er beschlossen hatte, sich das alles nicht mehr gefallen zu lassen, wurde er plötzlich in einen engen Tunnel geschleust. Unheimliche und bedrohliche Dunkelheit machte sich breit. Die Stimmen drangen nur noch dumpf und verfremdet an sein Gehör und Greg bekam Angst, fürchterliche Angst. Er wollte sich aus seiner Lage befreien, wollte raus aus diesem düsteren Schlund – aber er war gefesselt! Über jedes seiner Glieder war eine Halterung gespannt, die jede Bewegung unmöglich machte. Von fern vernahm er zunächst ein Summen, ein Piepsen und dann sehr fern wieder die Stimmen – erst noch ganz sachlich und dann immer aufgeregter:

»Nein! Nein!«

»Guck nur!«

»Das Herz!«

»Haben Sie die Physiologie einer normalen Raupe vor Augen? Sehen Sie den Unterschied? Sehen Sie ihn, liebe Kollegen?!«

Greg sah nichts, weil es todfinster war. Und er begriff auch nichts: Offenbar waren sie mit Teilen seiner Innereien beschäftigt und allein das war ihm höchst zuwider. Außerdem war es ihm zu eng und er hatte Hunger und, und …

»Hier die Geschlechtsmerkmale! Sehen Sie auf den Bildschirm: eindeutig männliche Anlagen. Das bringt uns schon mal einen wichtigen Schritt weiter! Hochinteressant: männliche Anlagen …«

Und dann endlich wurde Greg befreit. Es wurde wieder hell. Jemand schob ihm etwas Grünes vor die Kauwerkzeuge, aber Greg war übel. Obwohl sein Magen vor Leere knurrte, verweigerte er die Blätter.

Ich will nicht mehr, ich will nicht mehr! Kapiert ihr das?!

Als Greg wieder dort war, wo er jetzt sein Leben verbringen musste, wirbelte ein Chaos von Bildern durch seinen Kopf: Sticks und DVDs. Bens Tür und das Studiotor. Geschlechtsteile und Computerteile. Gummibärchen und Salatköpfe. Und dann ein riesiger, überfüllter Bus, in dem er vergeblich Ausschau nach Sara hielt …

Greg, reiß dich zusammen, lass dich nicht fertig machen! Du musst einen klaren Kopf bekommen, Greg! Wieso bist du nicht von zu Hause abgehauen? Weshalb nicht aus dem Studio? Warum hilft dir keiner? Begreift denn niemand, dass du keine normale Raupe bist? Wie bitte sollst du dich denn verständlich machen ohne Stimme?

Und dann die Überraschung:

Zuerst wollte Greg seinem guten Gehör nicht trauen. Aber dann roch er es. Seine Mutter wurde von der Tierpflegerin hereingeführt.

»Hier, liebe Frau Hansen, überzeugen Sie sich persönlich: Das Tier lebt bei uns unter besten hygienischen und ernährungswissenschaftlichen Bedingungen. Es hat reichlich Auslauf. Es kann spielen und sich bewegen wie in der freien Natur.«

»Aber das sieht ja aus wie im …«

»Für Beschwerden bin ich nicht zuständig«, unterbrach die Pflegerin Frau Hansen. »Damit müssen Sie sich schriftlich an die Institutsleitung wenden.«

»Greggy!«

Greg war konfus. Ja, diese Frau vor ihm war Frau Hansen. Er kannte sie gut. Aber wer war er? Was wollte diese Frau Hansen von ihm?

»Hörst du mich, Greg? Erkennst du mich? Geht es dir gut?«

»Nnnn… null… chchch…«

Ganz ungewollt waren Greg seit Langem mal wieder Laute gelungen. Laute, die ihn ungeheuer anstrengten.

»Greg, wir wissen nicht, was wir tun sollen. Wir alle sind überfordert. Großvater ist gestern …«

Frau Hansen brach ab. Tränen liefen ihr über die Wangen. Hilflos starrte sie auf die Raupe.

»Haben Sie Vertrauen, Frau Hansen. Das Tier ist nur ein bisschen launisch. Aber es frisst regelmäßig und es wird medizinisch bestens betreut.«

»Es geht ihm nicht gut. Ich seh das. Ich … ich halt das so nicht länger aus!«

Greg verharrte regungslos am Boden. Seine Glieder waren wie betäubt und seine Sinne brauchten viel länger als sonst, um das Außen nach innen zu übermitteln.

Ja, dies war seine Mutter. Die Raupen-Mutter. Die Ben-Mutter. Und Großvater? Großvater ist gestern …

Frau Hansen hatte längst das Institut verlassen, als Greg begriff, was geschehen war.

»Meine verehrten Damen und Herren von den Medien, bitte vergewissern Sie sich, dass dieses Wesen bei uns bestens versorgt ist. Wie wir erwartet oder befürchtet oder gehofft haben, ganz wie Sie wollen: Es handelt sich nicht um eine normale Raupe. Ich spreche nicht allein von der Größe, sondern von der körperlichen Beschaffenheit dieser Kreatur. Erste Untersuchungen in unseren Labors deuten auf ein biologisches Wunder hin, dessen Zusammenhänge und Hintergründe wir jetzt zu erforschen suchen.«

Greg hörte die Stimme von Doktor Markstein über den Deckenlautsprecher und versuchte sich einen Reim darauf zu machen, was dies nun wieder für eine Veranstaltung war.

»Meine Damen und Herren, ich verstehe, wenn Sie gern näheren Kontakt mit Greggy haben wollen. Aber ich muss Sie um Ihr Verständnis bitten: Die Wissenschaft hat in diesem Fall Vorrang. Unser Institut arbeitet nicht zum Selbstzweck, sondern mit einem Verantwortungsgefühl für die Gesellschaft, für Sie alle. Gentechnik will helfen, unsere gesundheitlichen Probleme zu lösen. Gentechnik will helfen, in einem neuen Jahrtausend neue Überlebenschancen und neue Lebensqualitäten zu schaffen. Dies gelingt uns nur, wenn wir Ihr Vertrauen und Ihre Unterstützung haben. Lassen Sie uns in Ruhe arbeiten. Wir alle, auch dieses uns anvertraute Tier, werden es Ihnen zu danken wissen.«

Die nächsten Untersuchungen ließen nicht lange auf sich warten und eine davon versetzte das ganze Institut in Aufruhr:

»Sensationell! Schauen Sie sich diese Ultraschallbilder an! Was sehen Sie, meine Kollegen? Ein menschliches Gehirn! Ein menschenidentisches Gehirn! Wissen Sie nun, woran wir arbeiten?!«

Was haben die? Das hätte ich ihnen gleich verklickern können, amüsierte sich Greg, obwohl es eigentlich keinen Grund zum Vergnügen gab.

Wieder einmal betraten mehrere Personen Gregs Aufenthaltsraum und selbstverständlich war Doktor Markstein dabei:

»Schauen Sie sich dieses Wesen an! Können Sie sich vorstellen, dass wir demnächst vielleicht mehrere solcher Exemplare haben werden? Dies ist unser Ziel, das wir mit allen Mitteln verfolgen müssen. Dagegen verblasst Dolly, das Schaf, als eine vergleichsweise unbedeutende Klonspielerei. Machen wir uns an die Arbeit!«

Greg lag zusammengerollt in einer Ecke neben den Futterkästen. Seit ein paar Stunden ging es seinem Kopf besser. Die Gedanken ordneten sich wieder zu vernünftigen Zusammenhängen. Und ein Entschluss war gerade gereift: Ich wehre mich gegen alles, was sie mit mir anstellen wollen! Ich lasse mir nichts mehr gefallen!

»Wo genau sollen wir die Gewebeproben entnehmen, Herr Doktor?«

Gewebeproben? Greg richtete sein Hörnchen auf. Das Schreckgesicht war gespannt. Die Gifthaare, mit denen er sich jetzt lächerlich hilflos vorkam, standen drohend vom Körper ab.

»Reizen Sie sie ruhig! Wir brauchen auch etwas von dem Hörnchensekret.«

Greg spürte, wie jemand an seinem hintersten Glied rummachte und Wut, unbändige Wut, stieg in ihm hoch: Was haben die an meinem Körper zu fummeln? Ich werde sie eingiften! Ich werde sie so zugiften, dass sie es in meiner Nähe nicht mehr aushalten.

»Jetzt! Streichen Sie ab!«

Greg merkte, wie ausgeliefert er war. Gab er seine Schutzhaltung auf, konnten sie sich sogar an seinem Kopf vergreifen … und davor hatte er am meisten Angst.

»Wir entnehmen Proben von allen Körperteilen. Sie bitte von den Afterbeinen! Sie von der Außenhaut und wir von den vorderen Gliedern … Vorsicht!«

Im selben Moment, als Greg die Stiche und Schnitte spürte, begann er zu zappeln, wie sonst nur bei seinen Häutungen. Wie automatisch fuhr sein Kopf nach außen.

»Nicht gewaltsam!«, rief Doktor Markstein. »Es geht offensichtlich doch nur mit Betäubung.«

Mit Betäubung?

Wie besinnungslos richtete sich Greg auf und suchte die Nähe von Doktor Markstein. Seine Beißwerkzeuge zitterten. Das giftrote Hörnchen stieß ätzenden Geruch aus. Der Kopf war zum Platzen gespannt – aber vor allem die männlichen Anwesenden machten sich nur lustig über diese Bemühungen:

»Guckt mal, der Kleine!«

»Die Natur hat schon verrückte Einfälle …«

»Lassen wir das arme Tier. Geben wir ihm eine Spritze.«

Eine Spritze!

Greg durchzuckte es. Er wollte die Flucht ergreifen. Doch mehrere Hände griffen nach seinen Vorderbeinen. Gleich hinter dem Kopf spürte er zwei schmerzende Stiche … und dann schwanden ihm die Sinne.

»Tut mir leid, Gregor, aber uns blieb keine andere Wahl«, hörte er seinen Vater ganz nah neben sich flüstern. »Wir haben dich ja immer gewarnt. Hättest du nicht so viele Tierfilme angesehen, hättest du dich mehr auf die Schule konzentriert, hättest du nicht so viele Flausen im Kopf, hättest du nicht gesponnen, hättest du nicht, hättest du, hättest …«

»Ich will wieder sprechen!«, hörte Greg sich sagen.

»Ich weiß schon, mit wem, mit wem, mit wem«, flüsterte Ben. »Soll ich's Doktor Markstein verraten, dass du mir den Stick aus dem Zimmer geklaut hast? Soll ich das allen hier im Paradies verraten, verraten?«

»Hier ist nicht das Paradies, hier ist die Hölle, Ben. Das checkst du nur nicht, weil du nie mit mir redest, Kleiner!«

»Hab ich richtig gehört, Greggy? Hast du Kleiner zu mir gesagt?«

»Ja, du Kleiner, Kleiner, Kleiner.«

»Echt stark, mein Bruder. Echt stark, wie du aus Schwäche Stärke machst!«

»Ja, ja, mein Groß-Bruder … bald wirst du blöd schauen!«

»Träum nur weiter, Kleiner.«

Als Greg langsam wieder erwachte, hatte er große Probleme, auf seine vielen Beine zu kommen. Er hatte das dringende Bedürfnis, die Augen zu öffnen, um alles klar und deutlich zu sehen. Er roch, dass er in seiner sozusagen privaten Doppelzelle war, er hatte aber zugleich auch noch den Geruch der Laborräume in sich, wo er die letzten Stunden verbracht hatte.

»Du musst fressen, viel fressen, Tier!«, meldete sich die Stimme aus dem Lautsprecher.

Ich lasse mir von euch nichts vorschreiben!, hätte Greg gern geschrien.

»Wenn du nicht selber frisst, müssen wir dich künstlich ernähren.«

Künstlich ernähren? Sind die wahnsinnig?!

»Hast du verstanden, Tier?«

Tier? Bin ich wirklich ein Tier?, fragte sich Greg und im selben Moment hatte er ein höchst seltsames Erlebnis: Der ehemalige, zweibeinige, denkende Greg löste sich aus dem Raupen-Greg, verließ sozusagen den vielgliedrigen Körper, ließ ihn einfach da stehen und schwebte hinauf zur Decke. Dort verharrte er neben dem Videoauge, wandte sich um und blickte höchst interessiert auf die Riesenraupe hinunter.

»Was ist los mit dir, Tier?«, tönte es aus dem Lautsprecher.

Ich betrachte mich, und du hältst dich da raus!, signalisierte Greg der unangenehm aufdringlichen Stimme neben sich.

Und indem er auf sich selber hinabsah, stellte er fest:

Beeindruckend, wirklich beeindruckend, dieser Kerl da! Kein Wunder, dass er ständig Hunger hat. Wahrscheinlich muss er nur noch ein bisschen wachsen und dann …

Von draußen ertönte ein jämmerliches Quieken und der Schwebezustand war schlagartig vorbei. Gregs Denken war zurück in der Raupenhülle und das Riesenmagengefühl war wieder da.

Greg, du musst essen, viel essen. Das ist deine einzige Chance. Du musst noch weiterwachsen und dann …

Greg gehorchte. Er gab seinem hintersten Beinpaar den Befehl, zu den Futterkästen zu krabbeln … zweites Paar, drittes Paar … immer weiter nach vorn … und seit langem genoss er wieder einmal diese Fortbewegung.

Ich werde fressen, fressen, fressen und dann …

Wie besessen gab sich Greg dem Fresstrieb hin. Und wie betäubt ließ er in den nächsten Tagen Dinge mit sich geschehen, die ihm eigentlich zuwider waren: Er wurde vermessen und gewogen. Es wurden ihm noch mehr Gewebe-, Haut- und Körperflüssigkeitsproben entnommen. Man beobachtete und registrierte seine Bewegungen, untersuchte sein Fressverhalten und selbst seine Kotkugeln wurden zur Laboranalyse sorgfältigst aufgelesen und entfernt.

Erst als von einem wichtigen Besuch die Rede war, merkte Greg wieder auf: Hatte er gerade den Namen Auster vernommen?

»Herr Rechtsanwalt, wir haben nichts zu verbergen. Wir sehen jeder gerichtlichen Auseinandersetzung gelassen entgegen. Aber bitte überzeugen Sie sich persönlich von seinem Wohlbefinden.«

Das war die Stimme von Doktor Markstein. Gleich darauf öffnete sich die Schiebetür und Greg hörte jemanden hereinkommen.

»Wollen Sie ungestört mit ihm sein?«

»Ich bitte darum.«

Dieser Geruch! Fast der Sara-Geruch … nur fast …

Diese Stimme! Ganz anders als Sara und doch war etwas in ihrem Klang, was Greg vor Aufregung fast nicht aushalten konnte.

»Na, du?«

In Greg pulste es. Er war aufgeregt und verlegen und hätte sich am liebsten irgendwo verkrochen.

»Mein außergewöhnlichster Klientenbesuch«, sagte Herr Auster.

Er ist auch aufgeregt, dachte Greg und lauschte gespannt.

»Ich mach das jetzt so, wie mir Sara aufgetragen hat«, sagte Herr Auster zu sich selber. Er stand direkt vor Greg und der spürte die Nähe, die Wärme, den Geruch und noch etwas anderes …

»Ich soll dir nämlich sehr liebe Grüße von Sara bestellen. Und ich soll dir das hier zur Stärkung bringen. Einen Ginkgo.«

Ginkgo?

»250 Millionen Jahre ist er alt. Ein einmaliges Gewächs auf dieser Erde. Mit besonderen Heilkräften. Du wüsstest schon Bescheid, hat Sara gesagt.«

???

Herr Auster legte Greg einen kleinen beblätterten Zweig direkt vor seine Beißwerkzeuge.

»Das war's auch schon. Ich denke, dann und wann tut dir Besuch gut, oder? Und eine persönliche Betreuung scheint mir auch angebracht. Ich werde dafür sorgen, okay?«

Greg rührte sich nicht. Es war wie im Traum. Wenn er sich jetzt bewegte, machte es vielleicht nicht Plopp sondern Plupp und die Riesentraumblase war geplatzt.

Aber es machte weder Plupp noch Plopp. Herr Auster verschwand. Die Tür ging zu. Greg sog den Geruch, der von Saras Vater zurückgeblieben war, genüsslich mit allen Poren auf. Und dann überkam ihn die Lust, sich dieses Geschenk von Sara umgehend einzuverleiben.

»Stopp! Halt!«, ertönte die Stimme aus dem Lautsprecher. »Das darfst du nicht fressen. Nur die vorgeschriebene Nahrung!«

Ihr könnt mich mal! Ihr habt ja alle keine Ahnung.

Und dann machte sich Greg wolllüstig über die Ginkgo-Blätter her. Doch das Vergnügen war nur von kurzer Dauer. Die nächste Zeit wurde grausam für Greg. Doktor Markstein und sein Forscherteam waren von großer Nervosität befallen. Ständig wurden neue Beobachtungen und Untersuchungen angesetzt. Es war die Rede von EKGs und Radiokardiographien, von Ultraschalldiagnosen und Szintigraphien. Ergebnisse wurden ausgetauscht und verglichen. Beratungen fanden statt und geheimnisvolle Pläne wurden besprochen:

»Wenn uns die Decodierung nicht rechtzeitig gelingen sollte, bleibt uns keine andere Wahl«, verkündete Doktor Markstein. »Bevor er uns sozusagen aus dem Labor mutiert, müssen wir ihn im wahrsten Sinne des Wortes kaltstellen. Ich würde die Prozedur lieber vermeiden, aber es ist das geringere Risiko. Bereiten Sie alles für diese Eventualität vor. Bei den ersten Anzeichen einer Metamorphose werden wir handeln.«

Kaltstellen?

Greg blieb nicht viel Zeit zum Nachdenken. Eine Spezialuntersuchung wurde anberaumt und wieder einmal hatte er keine Chance, sich zu wehren. Um ihn ruhig zu stellen, verpasste ihm einer der Forscher eine Spritze in den Rücken – gerade, als er sich in Ruhestellung befand und sich nicht wehren konnte.

Nie wieder werde ich den Kopf einziehen!, beschloss Greg, bevor ihm die Sinne schwanden und er alles Weitere nur noch verschwommen aufnahm.

Man transportierte ihn in ein Speziallabor, wo Apparaturen der besonderen Art auf ihn warteten.

»Hier bleibt er, bis wir alles über sein Gehirn wissen«, verkündete Doktor Markstein. »Geben Sie ihm Infusionen, sobald sein Zustand instabil wird. Ich brauche das EEG in allen Wach-, Schlaf- und vor allem Traumphasen. Ich brauche exakte Bilder von beiden Hemisphären des Gehirns. Wir wollen seinen Jetzt-Zustand, aber auch seine Vergangenheit. Ich will Aufschluss über seine Träume, um in die Zukunft zu sehen. Verstehen Sie, was mein Ansinnen ist??«

Ein Wahn… ein Wahnsinniger! Diese Erkenntnis formte sich sehr langsam und von anderen Schreckenswahrnehmungen umwölkt in Gregs Gehirn. Dieser Mark… dieser Markstein kann gerne … kann riesenraupengerne wissen … wissen, was Greg … was Gregor Hansen über ihn … ihn denkt … denkt, denkt, denkt …

Es waren nicht nur Wahnsinnswirrnisse, die Greg in seinem Halbwachzustand beschäftigten. Nicht minder verwirrend waren erst ein Geruch und dann ein Name, den er zu hören glaubte:

»Frau Lissy Land, hier ist Ihr Freund. Wir haben uns zwar bemüht, dem Rechtsbeistand von Familie Hansen diese Idee auszureden. Aber wir haben auch nichts zu verbergen. Unsere Forschung ist dem Wohl der Menschheit verpflichtet. Und selbstverständlich verknüpft sich damit auch das Wohl der Tiere. Solange Sie unseren Untersuchungen nicht im Wege stehen, dürfen Sie sich gerne um unser Wunderwesen kümmern. Vielleicht erleichtert das unsere Arbeit.«

Land??

»Greg?«

Lissy!

»Greggy, hörst du mich?«

Greg hörte wenig. Aber es reichte: Ja, es war tatsächlich Lissy! Nur zu gerne hätte er seine Freude über diesen Überraschungsbesuch irgendwie ausgedrückt. Aber er war zu müde, zu geschwächt. Doch bevor er in einen Tiefschlaf versank, wurde ein Gedanke zur Gewissheit: Mit ihr werde ich es schaffen!

Als Greg nach einer langen, langen Traumreise erwachte, lag er zwar wieder gefangen in seiner Zelle, doch neben ihm saß tatsächlich Lissy.

»Greggy, du bist nicht mehr allein. Ich werde mich ab sofort um dich kümmern.«

»Versorgen Sie ihn bitte mit Futter«, sagte die Stimme aus dem Lautsprecher.

»Ich weiß, wie man mit ihm umgeht!«, sagte Lissy zur Videokamera. »Mischen Sie sich bitte nicht in meine Arbeit ein.«

»Holla, holla … in dem Ton werden Sie mit Doktor Markstein nicht reden dürfen.«

Lissy schien diese Bemerkung zu überhören. Sie beugte sich zu Greg hinunter und flüsterte eindringlich:

»Hör zu, mein Lieber! Ich bin hier, um dir zu helfen. Ich hatte ein langes Gespräch mit diesem Markstein. Ich kenne ihn von früher. Er ist eine Berühmtheit auf seinem Gebiet. Aber er ist auch ein Fanatiker. Wenn ich seine Pläne richtig durchschaue, hat er etwas mit dir vor, was ich nicht zulassen werde. Verstehst du ein bisschen von dem, was ich dir sage?«

Greg tat etwas, was Lissy als Antwort deuten sollte: Er rückte näher an sie heran.

»Ich kenne dieses Institut von früher. Ich hab hier schon zweimal gearbeitet. Wen sie einmal in ihren Labors haben, lassen sie nicht mehr raus. Es gibt einflussreiche Leute aus der Wirtschaft, die das unterstützen. Und es gibt maßgebende Leute in der Politik, die das schützen. Du musst mir jetzt voll vertrauen, sonst ist es um dich geschehen.«

»Frau Land, kommen Sie bitte umgehend zu einer Besprechung in mein Büro!« Die Stimme von Doktor Markstein klang herrisch und kalt.

»Friss, Greggy«, sagte Lissy leise. »Friss dich stark! Ich komm so bald wie möglich zurück.«

»Tier, du bekommst Besuch!«

Es war nicht Lissy, die als Nächste Greg aufsuchte – es waren zwei männliche Gestalten. Sie betraten den Raum, hinter ihnen schloss sich surrend die Schiebetür und es herrschte Schweigen.

Friss weiter, friss stur weiter!, nahm sich Greg vor. Doch er war verwirrt: Es roch mit einem Mal irgendwie nach Baustelle, es roch auch nach Gummibärchen.

»He, du Type!«, sagte eine junge Stimme.

Wie bitte?

»Hallo Greg!«, sagte eine ältere Stimme.

Wie bitte??

Greg versuchte, sich zu sortieren, zu orientieren. Mit vielem hätte er gerechnet! Doch dieser Doppelbesuch war total überraschend:

Ben und Pa!

Greg wandte sich langsam, ganz langsam, von seinem Salatkasten ab. Sein Vorderkörper war hoch aufgebäumt und wie immer konnte er nur schemenhaft dunkel erkennen, dass jemand in seiner Nähe stand.

»Mensch, ist der gewachsen!«, hörte er Ben sagen.

»Wir wollten nachsehen, wie es dir geht«, sagte Herr Hansen. »Ich mach mir Sorgen. Ich will dir helfen.«

Greg rührte sich nicht, aber innen, tief innen begann er zu zittern.

»Wenigstens hat Rechtsanwalt Auster es geschafft, diese Lissy hier als deine Pflegerin reinzuschleusen. Mir tut das alles sehr leid. Es ist so vieles schiefgelaufen …« Herr Hansen hielt inne, weil seine Stimme fast versagte.

Was sind das für Worte? Was hör ich da von Pa?

Das Zittern in Greg wurde ärger und er konnte es kaum noch verbergen.

»Hier, du Type, ich hab dir was mitgebracht«, sagte Ben und kam Greg ganz nah. »Die magst du doch so gerne, oder?«

Er hielt Greg eine Tüte mit Riesengummibärchen vor die Fühler.

»Los, friss das!« Seine Worte kamen ganz leise, eindringlich und fast flehend.

Aber Greg weigerte sich. Sein Körper zuckte und gleichzeitig fühlte er sich durch die Nähe seines Bruders wie gelähmt.

»Los schnell!«, flüsterte Ben drängend. »Friss das sofort und kotz es ja nicht wieder aus!«

»Hör bitte auf das, was Ben sagt!«, drängte auch Herr Hansen. »Es ist zu deinem Besten.«

Greg hörte die Worte und spürte, wie aufgeregt Ben und sein Vater waren. Zugleich zog sich sein Inneres zusammen und er verstand nicht, was sie von ihm wollten.

»Verdammt, mach dein Maul auf und schluck das runter!«, flüsterte Ben und schob ihm fast gewaltsam etwas Kleines, Hartes zwischen die Beißwerkzeuge.

Ein Summen ertönte und die Schiebetür ging auf.

»Das ist ein Minisender, Alter! Gecheckt?«, raunte Ben. »Hast du das gecheckt, Alter?!«

»Bitte vermeiden Sie jede körperliche Berührung!«, sagte die Pflegerinnenstimme. »Das Tier ist hoch sensibel und will nicht in seinem Eigenleben gestört werden.«

Greg schluckte.

»Schon okay, alles gebongt«, sagte Ben.

Greg schluckte noch einmal.

»Wir werden dich so bald wie möglich wieder besuchen. Mach's gut!«, sagte Herr Hansen mit belegter Stimme.

Greg schluckte und würgte, dann hatte er es geschafft. Zuckend und zappelnd zog er seinen Vorderkörper zu Boden, während sein Vater und Ben verschwanden.

»Genau das habe ich befürchtet!«

Doktor Markstein stand wenig später mit den wichtigsten Leuten seines Teams vor der zappelnden Raupe.

»Wir müssen sofort handeln. Sie braucht eine Spritze, bevor der akute Häutungsprozess beginnt«, sagte jemand.

»Oder die Verpuppung, mein Lieber!«, sagte Doktor Markstein.

»Das dürfen Sie nicht, das darf man nicht aufhalten!«, protestierte Lissy lautstark.

»Sie sind hier als Pflegerin angestellt und nicht als medizinische Assistentin, Frau Land. Ich bitte Sie dringend um Zurückhaltung, sonst werde ich entsprechende Schritte einleiten.«

Die Worte drangen so spitz und so schmerzend in Greg ein wie kurz darauf die Spritze.

»Nur zu deiner Beruhigung«, sagte jemand.

Greg zitterte weiter.

»Soll er sofort in die Vorkühlkammer?«

»Nein, wir machen vorher einen Gerätecheck«, erwiderte Doktor Markstein mit nervöser Stimme. »Jetzt darf nichts mehr schiefgehen.«

»Und die Pressekonferenz?«

»Absagen. Wegen akuter Erkrankung absagen! Die nächste Presseerklärung kommt erst, wenn sie eingefroren ist. Keine Silbe vorher davon. Auch nicht an die SOKO, verstanden? Die muss man mit vollendeten, sozusagen tiefgefrorenen Tatsachen konfrontieren.«

Vorkühlkammer? Eingefroren? Tiefgefrorene Tatsachen??

Greg wollte nicht mehr denken. Greg konnte nicht mehr denken.

Wenig später war die Raupe Greg sehr ruhig. Die Anfälle hatten aufgehört. Das Fressbedürfnis war gänzlich verschwunden. Lissys Geruch neben ihm war sehr angenehm, aber zugleich war ihm dies auch gleichgültig – Greg wollte nur weg aus dieser Welt. Er wollte träumen, dass er träumte und dass dieser schreckliche Albtraum irgendwann, irgendwie ein Ende fand …

»Hör zu, mein Lieber«, flüsterte Lissy. »Du brauchst keine Angst zu haben. Es wird gleich kalt werden für dich. Sehr kalt sogar. Ich werde bei dir sein. Und wenn es Nacht ist, hast du alles überstanden.«

Den Transport in den Vorkühlraum des Instituts erlebte Greg fast wie unter Narkose. Seine Augen nahmen nur noch Lichtschemen wahr … hell und dunkel und hier und da etwas Rotes. Auch die Geräusche waren nur noch undeutlich – dann und wann so, als bellte oder quiekte, grunzte oder piepste es von fern – dann wieder Schweigen, einlullendes Schweigen.

»Haben Sie sich warm angezogen, Frau Land?«, fragte Doktor Markstein ironisch, als das Tragbahren-Gefährt vor einer großen Aluminiumtür Halt machte.

»Danke für die freundliche Nachfrage.«

»Gegen Morgen dürfte es Ihnen wohl zu kalt werden, Frau Land. Die restliche Prozedur können Sie uns dann allein überlassen. Wir können Sie selbstverständlich informieren, wenn wir sie wieder auftauen. Wie ich unseren Zeitplan überblicke, werden wir für unsere Forschungen maximal ein halbes Jahr benötigen. Eine ärgerliche Verzögerung, aber auch wir Wissenschaftler sind nur Menschen.«

»Verstehe«, sagte Lissy gespielt höflich, während sie innerlich vor Wut kochte.

Der elektronische Türöffner summte und Greg wurde in einen Raum gefahren, dessen Kühle jeden Atemzug und jedes Wort zu einem nebeligen Schwaden kondensieren ließ.

»Hier, der Türöffnungs-Commander, falls es Ihnen zu frostig wird.

Wir sind nämlich nur auf Tierversuche vorbereitet. Die Temperatur sinkt ganz langsam. Es ist keine Schock-Gefrierung. Gute Nacht, Frau Land.«

Das Lächeln von Doktor Markstein vereiste. Die Tür schloss automatisch.

Greg und Lissy waren allein.

Kälte umgab sie … wie an einem Abend, an dem die Luft langsam abkühlt, an dem man sich auf eine frostige Nacht vorbereitet.

»Du musst durchhalten, Greggy! Bitte halte durch!«, flüsterte Lissy.

Was meint sie? Was will sie? Was hat sie vor??

Mit allen Tricks bemühte sich Lissy, Greg am Einschlafen zu hindern. Sie strich ihm über den Rücken, um die Abkühlung zu lindern. Sie versuchte ihn durch Krabbeln, Kraulen und Kitzeln zu Bewegungen anzuregen …

Ja, ich will ja, ging es müde durch Gregs Kopf. Aber immer wieder versank er in einen Dämmerzustand. Und ihm war jetzt so, als müsse er eine Art Zwischenreich durchschreiten oder durchschweben …

»Bitte halte bis Mitternacht durch, Greggy! Dann kommen sie und nehmen dich mit.«

Ins Paradies … ins Greggy-Paradies …

Die Raupe träumte sich ins Fernsehstudio zurück:

»Hallo Greggy-Kids … hallo SOKO-Forscher … hallo Ben-Fans … hier und heute präsentieren wir unser Tiefkühl… knackiges Raupenfleisch der Firma Markstein XX Plus … frisch auf den Tisch … grotesk, gregoresk, telefonesk …

Das Handy in Lissys Jacke hatte gepiepst.

»Ja, bitte?«

Greg war ein wenig aufgewacht. Die Stimme aus dem Handy kam ihm bekannt vor.

»Alles nach Plan?«

»Ja, bisher ja. Ich warte bis kurz vor Mitternacht. Die Entsorgung kommt nie vor ein Uhr. Falls sie von der SOKO begleitet wird, müssen Sie vorsichtig sein. Wie viel Reichweite hat der Sender?«

»Mindestens tausend Meter.«

»Das reicht allemal. Kein Risiko eingehen, die Typen scheuen keine Auseinandersetzung!«

Ich auch nicht … ich auch nicht, dachte Greg, bevor er sich zurück ins Traumparadies begab.

»Heute präsentiert euch Gitti … die Gitti … die Gitti … die SOKO im Einsatz … in einem Satz: Wir suchen Greggy … Greggy ist mit Dolly auf der Flucht … live und flüchtig … dollysüchtig …«

Sie heißt doch Sara, wollte Greg die Sache klären, aber erneut schwanden ihm die Sinne.

Es war Mitternacht, als Lissy den Commander benutzte, um die Vorkühlkammer verlassen zu können. So schnell sie konnte, rannte sie den Kellergang entlang. Vor einer Tür mit einer Giftmüllbeschriftung und dem Atomzeichen hielt sie inne und lauschte. Sie wusste: Um diese Zeit, zumal am Freitag, war das Institut wie ausgestorben.

»Los, Lissy, dir passiert nichts!«

Erschrocken über ihre eigene Stimme drehte sich Lissy um.

Und dann ging alles in Windeseile: Mit dem Commander die Tür auf. Einen leeren Container auf den flachen Transportwagen. Tür zu und zurück zu Greggy. Tür auf, Wagen rein, Tür zu.

»Greg! Greggy, du musst dich bewegen!«

Lissy tippte die Raupe an, klopfte auf ihren Rücken, versuchte sie wachzurütteln …

»Du, du musst hier reinkrabbeln!«

Greg hörte und fühlte etwas. Ihm war kotzübel. Tief im Inneren waren Bilder, Worte … und etwas Metallisches, was er nicht ertrug.

»Greggy, komm! Du musst in diesen Container!«

Würg, Schmerz … Greg versuchte sich zu übergeben.

»Nein, bitte nicht! Sonst können sie dich nicht finden.«

Im gleichen Augenblick ein Geräusch, ein Summen … die Tür öffnete sich und … die zuständige Tierpflegerin stand da.

»Entschuldigen Sie, ich wollte fragen, ob Sie einen heißen Tee wollen.«

»Danke, ich …«

»Was ist los? Macht das Tier Probleme?«

»Es ist vergiftet. Es muss weg …«

»Wohin?«

»Fragen Sie nicht, helfen Sie mir lieber!«

»Auf die Deponie?«

»Ja.«

»Aber der Doktor …«

»Helfen Sie mir!«

»Auf Ihre Verantwortung?«

»Ja.«

»Okay, ich helfe.«

Greg spürte, wie mehrere Hände ihn drückten, ihn schoben, ihn zu heben versuchten.

»Hier rein und dann kannst du schlafen, bis die Spritze nicht mehr wirkt.«

Ich will!, sagte sich Greg mit letzter Kraft und dann wurde es dunkel um ihn.

Eine halbe Stunde später erschien der Transporter für die Giftmüllentsorgung im Innenhof des Instituts. Wortlos erledigten Männer in Schutzanzügen, was jeden Freitag fällig war: leere Container ausladen. Die vollen Container vom Giftmüllkeller nach draußen rollen und verladen. Kurzer Gruß zum Nachtportier. Abfahrt, Ausfahrt, Wegfahrt … Problem beseitigt.

Kurz vor der Morgendämmerung erwachte Greg. Es war dunkel und eng. Giftige Dämpfe ließen ihn fast ersticken.

Wo bin ich?

In Gregs Kopf pochte es schmerzhaft. Sein ganzer Körper brannte. Außerdem war ihm immer noch übel.

Was ist passiert?

Er versuchte sich zu bewegen und war überrascht, dass seine Glieder nicht mehr so steif waren.

Lissy?

Greg bemühte sich um Orientierung, aber die ätzenden, scharfen Gerüche machten ihm zu schaffen.

Haben sie mich vergiftet? Wie war das in dieser Geschichte von diesem Franz Kafka, von der mir Großvater erzählt hat: Am Ende krepierte Gregor elendiglich!

Was hat er gesagt, damals? Geh deinen Weg, deinen ganz persönlichen Weg und lass dich von niemandem aufhalten. Vergiss das nicht!

Nein, ich hab nichts vergessen. Aber wo ist er, der Weg? Mir ist speiübel. Ich muss hier raus … Ich muss hier weg!

Es war zunächst problemloser als er dachte. Greg musste sich nur etwas strecken und aufrichten und schon hob sich über ihm der Deckel.

Luft, frische Luft!, dachte Greg, aber sogleich zog sich sein ganzer Körper vor Ekel zusammen. Übel riechende Schwaden zogen über ihn hinweg. Beißende Dämpfe reizten seine Augen … Entschlossen tat Greg etwas, was ihm seit einer Ewigkeit nicht mehr gelungen war: Er schob sich von hinten vorwärts, nach oben, über die Containerkante.

Was ist das?

In der Dämmerung erkannte Greg nur wirre Konturen. Es war totenstill.

Wo bin ich?

Wenn ich hier nicht sofort verschwinde, dann verrecke ich … Ja, geh deinen Weg, sagte sich Greg eindringlich – doch es würgte ihn erneut.

Los, friss das sofort und kotz es ja nicht wieder aus! Bens Worte mischten sich mit den Giftgerüchen … Ich soll dir das hier, diesen Gingko, zur Stärkung bringen. Bitte nur den Minisender!, flehte Greg und dann übergab er sich.

Greg fühlte sich leer, sehr leer.

Seit Ewigkeiten hatte er nichts mehr gegessen, aber er hatte auch keinen Hunger. Unter seinen Füßen brannte es. Er spürte scharfe Kanten, Scherben, Splitter. Und er wagte kaum, sich durch diese Wüste von stinkenden Abfällen zu bewegen.

Wo ist ein Ausgang? Wo ein Ausweg … Wo ein richtiger Weg?

Während Greg hilflos nach Orientierung suchte, hörte er plötzlich von fern und sehr schnell näher kommend Sirenen.

Blinkendes Blaulicht vermischte sich mit dem Morgenrot.

Sie verfolgen mich! Sie suchen mich!, schoss es Greg durch den Kopf und er war schlagartig hellwach. Sein raupiges Gehirn schaltete auf Alarm: Nein! Nein, so kurz vor dem Ende erwischen die mich nicht!

Entschlossen setzte er sich in Bewegung, vorsichtig Fuß für Fuß nach Stellen tastend, die ihn nicht verletzen konnten. Er versuchte das Körpergewicht so zu verteilen, dass jedes Auftreten möglichst kurz und leichtgewichtig wurde.

Tier!, ging es Greg durch den Kopf. Du bist ein Tier und Tiere haben Instinkt. Such dir den sichersten Weg, um diesen scheußlichen Sirenen zu entkommen!

Und so kam er vorwärts. Raupig-gewandt, Schritt für Schritt, während ihm die Giftschwaden fast die Luft zum Überleben nahmen.

Sara!

Der Gedanke an sie machte Greg Mut: Sara hat mir diese Blätter geschickt und sie müssen mir jetzt den Weg weisen.

Waren es diese Gedanken oder war es die Angst vor den Verfolgern, wodurch Greg gerettet wurde?

Irgendwann hatte er eine Mauer vor sich, die kein menschliches Wesen hätte erklimmen können.

Wofür bin ich eine Raupe?, fragte er sich. Vielbeinig und raupiggewandt stieg er nach oben. Für einen kurzen Moment genoss er die Höhe. Und dann kletterte er, während sich der Sirenenklang irgendwo in der Ferne verlor, auf der anderen Seite nach unten.

Müde, endmüde! Dieses Raupenleben ist so unendlich anstrengend, dachte Greg und hätte sich am liebsten auf der Stelle zur Ruhe gelegt.

Unendlich anstrengend? Un-Endlich??

Es gibt ein Ende. Es gibt ein Ziel, das ich erreichen muss!, spürte Greg. Und nach langer Zeit regten sich mal wieder seine Fühler …

Und indem er alles Nachdenken ließ und nur noch dieses Wesen war, das seinen Weg suchen musste, fand Greg eine Stelle, wo er verweilen konnte. Er fühlte Unruhe und Ruhe zugleich in sich. Er musste nur noch dem nachgeben, was fast von selber geschah.

Vor ihm stand ein Baum, ein Gingko-Baum, dessen Geruch ihm vertraut war, ein Wesen, das 250 Millionen Jahre alt war … so eine Ewigkeit schon auf unserer Erde existierte.

Der Stamm war leicht zu erklettern und eine ruhige Stelle war sofort gefunden. Jetzt nur noch spinnen, immer weiterspinnen, sich in einen Kokon verschließen und Geduld haben. Träumen, träumen und … dann?

Greg hatte einen beglückenden Traum: Ohne dass er irgendetwas tun musste, verwandelte sich sein Körper. Erst ganz unten, wo er plötzlich seine Zehen fühlte und bewegen und sogar zählen konnte. Dann die Beine aufwärts bis zu der Stelle, die ihm manchmal so vertraut und dann wieder so quälend unberechenbar vorkam … danach Bauch, Brust und Schultern … und schließlich wurde das Verwandlungsgefühl immer wohltuender: Arme, Hände … ja, er konnte jeden Finger bewegen … zum Greifen, zum Schreiben, zum Malen und vielleicht zum Streicheln …

Die Verwandlung hört nicht auf, merkte Greg. Auch der Kopf entwickelte sich wieder zu einer vertrauten Form. Statt dieses seltsamen Einzieh- und Kopf-versteck-Mechanismus war da wieder ein Hals, auf dem sich der Kopf drehen und wenden konnte. Dieses multifunktionale Ding, über das so wundersam viele Sinne lebbar waren. Ja: Sehen … Endlich wieder scharf und präzise sehen. Schmecken … mit einer richtigen Zunge, die man sogar hinausstrecken konnte. Hören … das war auch ohne diese komischen zwei Dinger an der Seite bestens möglich gewesen. Aber viel, viel wichtiger: Da ließen sich in diesem Hals wieder echte Töne bilden … leise und laute … wohl- und vielklangig … Traumtöne zu den Traumbildern, die sich vor den neu belebten, noch geschlossenen Augen formten … du …

»He du, wo hockst denn du?«

Wie bitte? Träum ich oder wach ich?

Sara?

Sara?

»Tut mir leid, dass ich zu spät komme.«
» Zu spät? Wo liegt das Problem?«
»Soll ich zu dir rauf? Oder kommst du zu mir runter?«
Rauf, runter? Runter, rauf? Vielleicht in der Mitte treffen?
»Nun mach doch endlich die Augen auf! Hast du schon lang auf mich gewartet?«
Das ist die Frage der Fragen … hängt wohl von der Perspektive ab, oder?
Greg war's eigentlich schnurzpiepe. Er hatte Herzklopfen. Er hatte seit dem ersten »He« Herzklopfen.
Er hatte auch noch andere Gefühle und bei genauem Nachdenken keine Chance: Er öffnete seine Augen, blickte direkt in Saras Augen und musste grinsen vor Freude und Lust und Übermut.
»*Ja!*«, rief er. »*Ja!!*«
»Wie? Was meinst du?«
»Die Antwort auf deine Stick-Frage«, rief Greg, sprang mit einem Riesensatz vom Baum und landete genau vor Sara.

»Und nun?«
»Und nun??«